永久散步

李時雍——著

推薦序

不願散場的人——閱讀李時雍《永久散步》

孫梓評（作家）

香港朋友來臺短居一季，約我去白色恐怖景美紀念園區，許多次我路過它卻未能停下。看完各種押房，在小小的苔綠的放封區，想像當年許多秀異青年，莫名成為良心犯，抱持怎樣的心情在此？日落前我們走向余余劇場《百合・ゆり》，地點就在園區內禮堂。時雍替舞劇做了精采的導聆，舞蹈以家族故事為軸線，舞臺上許多箱子，重複被舞者搬運堆疊撞落，箱子是很有效的道具，那麼具體，卻又抽象。

《永久散步》也讓我想到那些箱子。箱子本身表情匱乏，但能收納各種情緒。就像這些讀起來質地均勻的字，揭開之後可能藏有「燙手的心」。

輯一「燈塔街」是時雍哈佛一年的薩默維爾住處，望文生義我喜歡那街道是暗，卻有燈塔矗立指引。寫在四十歲之前的這些字，像手札，日記，或寄給親密朋友的一束信，要求敘事的人大概會迷路，然而其中一閃一閃的星芒，帶有哲學思索，是一名青年藝術家真誠的說話。我特別喜歡此輯撥亂時間線性：抵達早於出發，停留同時返回。時間在此是個地層，我們跟隨記憶，沿途拜訪左營的水兵，民雄的大學生，飛到美國度過暑假的少年……寫作者的年輪，若析磨其中成分，是美術，音樂，電影，舞蹈，還有文學，或說許多許多的愛——那些燃燒了全部的自己，提前離席的，已成灰燼的，往往是時雍最在意的「暗中之暗」。能於暗中辨別另一種暗，必然因為，那暗，閃爍著氣質相近的毫光。

書中引阿巴斯說，「我察覺人未能細看眼前景物，除非它存在框架內。」這些低溫的文字，也是時雍炭筆勾勒的景框（或者箱子）。許多話語連同事件的線條被裁切，但總有各式的人：朋友，同學，戀人，親人，甚至工作與生活中萍水相逢的誰，走進相紙，成為構圖。地球上持續的移動，形成程度不一的眷戀，就像他離開前隨手拍下一幀異國或異地的房間（那也是一個箱子）。

如同時雍，我亦篤篤寞寞察覺生命來到中途埡口，想像過可能的燦爛墜為「沒有的生活」，面對日子，惟低頭耕耘視線所及。同時明白，人生確實一趟無窮盡補課，比如，白色恐怖景美紀念園區，後來便在陳列《殘骸書》得到更為立體的理解。相較於前輯較內向性的私人斷代，「紀念碑」作為輯二，彷彿由內推擴向外，置身文明與野蠻之間，當然可以與其從文學審視、梳理現代臺灣四次原住民關鍵事件的論文

《復魅》對讀。

「紀念碑」從學者回到作者，以均衡的抒情，寫新城，白水湖，鶯歌，和平島，蘭嶼，霧社，廬山；讀陳映真，巴代，夏曼．藍波安，鍾肇政，舞鶴，李昂，這些島國行腳，是對遺忘的喚醒（打開箱子），也是對詮釋的拮抗（衝撞箱子）。

時雍曾借小說《餘生》的句子說，思考是一場「無所為的永久散步」——不知怎的我想起一個十七歲夜晚，和同樣著迷寫作的朋友們捧著剛領到的人生第一座獎盃，在南方深夜城街，沒有盡頭往前走著，渾然不覺剛剛轉彎處是湯德章被槍決之地，再往前，來到二十年後將重新開張的林百貨。心底的柴薪熊熊燃燒，因為曾被燈塔的光拂過，散步不是為了目的，而只是讓自己在路上，持續移動著，當夜浸潤更深，哪怕置身暗中，「就讓我成為那樣一個不願散場的人吧。」

目次

I

燈塔街

零點

循著樹叢掩映的微光，步入花園夜晚的湖畔。十月裡野鴨與天鵝曾漣漪的水面，已結成厚厚的冰。離岸僅餘下不及臺階的高度。朝幽暗涉足試探，第一步、兩步、三步，緩緩地人便走進了湖冰之上。

靴底踏過細碎的結晶。許多裂紋疊著裂紋，像為這無底的冬天織開一張夢網，誰捕獲留下了，更多蟲蟻帶著心事，離往愈暖和的地方。小心穿過一些透明的薄冰仍能看見深處暗湧的水，墨黑似倒影，隔在鏡面的另一邊世界。

湖心的小屋如今擱淺在側。情人挽手的身影潦草勾勒在遠處。孩子們足尖溜過了平滑的冰層，歡笑撲倒、又再反覆地爬起奔馳。從小小橋墩下穿行至另一面冰湖，復折返找尋離去的泥徑。

距離午夜只剩一小時。遠離這無所謂好或不好的年，只剩六十分鐘。波士頓大部分的街道在寒流來襲中極冷清。夜黑裡，車前亮照遠光。積雪至足踝，人孔蓋不時噴冒起霧白的煙氣。許多行人索性待在地鐵站內，隔著大面窗，獃看著外頭凜寒的城市。煙花與遊行，等等的慶祝活動，自午後起即因低溫陸續取消了。直到入夜，整座城竟已悄然無聲。地鐵穿越查爾斯河上的長橋，來到城中之後，車廂較之平日更平日。

這晚路線是這樣的：科普利、廣場冰雕、三一堂，而此刻從公共花園搭綠線直抵東邊港埠區，等待跨年時分，終究不知是否如期施放的海上煙火。

車站至碼頭步行還幾個街口，街燈下的昏黃連成了一片帷幕。唯有大樓內一間超商亮燦著。倒數三十分鐘，暫避明亮室內，將雙手搓熱搓暖。等候沖煮一碗杯麵，小小口啜著湯，等身體暖和過來。

通往港邊的木棧道，在倒數十分鐘時浮晃起人影，逐漸群集、密聚，彷彿依約赴會一場祕密的聚會。覆著的雪走多了，走出一條淺淺的路。海是漆黑的去處。跟隨著人來到港口盡頭，擇一座船樁停了下來，踏上矮牆之時，不遠傳來隱隱的歌唱。

船隻駛過暗默的眼前，迴過船首，留下更深暗的海面。十秒時，有人鼓動倒數。七秒。五秒。兩秒。一秒。忽然片刻，時間剝裂如湖冰的罅隙。所有人抬頭空望著虛無的夜空。靜默持續，無數分秒以後，遠方數艘小船同時地向空中絢爛擲放出煙火。世界終將一次次歸向零點吧。身邊的人，側臉的曇花即亮即暗。煙花如網，捕獲住一整片海。

這已是來到波士頓第一百一十九天。秋日走過的草地，都已深埋進雪。焰火的天空揚起了一張張臉，有些遺留在昨日，有些人來到今天。

左岸

長長的槳，划出眼底擴散的水文，在舟身之後曳成草寫的V，一個字母還未寫完，船手已迅即搖擺著下個槳。遠近一隊隊的船手們，迴盪水面的口令裡動作一致，陽光下張弛著青春的身軀。

途中那座橋背著光徒現暮色龐然的輪廓，延伸的岸是背脊，總有人散步、遛狗，或沿著河慢跑。從麻薩諸塞大道折進甘迺迪街，不用十分鐘，就步行來到河邊。初次我在草地的長椅消磨整個午後，慢慢讀著圖書館借來的書，秋天的風，有點強勢了，搶著我的思緒之先，伸手翻讀著下一頁、又一頁。

面前的查爾斯河宛延流向盡頭的出海口。若見地圖，藍色的線索，由西至東邊，將麻州柔軟的胸口分隔為兩側。夏末初抵的午後，車途上，自南側右岸的波士頓，我第一眼望見了河，隱現在鬱鬱的林葉間；心想，這仍否就是十七世紀最初的移民者盼望的景色呢？

越過橋，左岸是劍橋。學術的殿堂比鄰河邊。同在左岸更北邊一點是薩默維爾；此時，我書寫和生活的居處，即在這座城鎮偌多靜謐的小屋間，塗上了綠漆牆面的那幢。

查爾斯河岸適合於徘徊，與思索。曾經造訪的師長這麼對我說。我卻更常是在駛上橋面進城的地鐵裡，橫越窗景外漸漸隱沒至夜暮的河面。而長長的橋的中央竟停靠著一站。車門敞開，特別凜冽的風，有時潮濕若雨、入冬後時而攜帶著細雪，像將車廂當成另個河道灌入充滿。每次我總想下車瞧瞧門外，每一次我總想，是住在橋上的人嗎，會在岸與岸之間下站。

深夜的河左岸，適合思念遠方。有一晚，我沿著屋門前的街路一逕往南走。沿途的房子都睡著了。小商店安靜在燈的昏黃。咖啡廳的椅子倒置桌上。唯寥寥的酒吧仍未關門，電視無聲轉播的足球賽，將疲倦的臉覆蓋螢光。

穿過東劍橋。走進搭築於水上的棧道。直到靠近河流曲折之畔。黑墨墨的查爾斯，黑墨墨的遠處的波士頓半島。我佇立在無人的欄杆前，算數著右方是地鐵第幾列越過大橋的夜車，是否留下了住在橋上的人，竟而，就想起夏天與妳在巴黎河岸覓尋的新橋。找那座橋上半圓弧的石椅，相倚賴著，等候夕陽燃燒至餘燼。《新橋戀人》（*Les Amants du Pont-Neuf*）的茱麗葉．畢諾許和丹尼．拉馮就在此狂戀吧。電影尾聲，重逢的兩人在穿行橋墩的船上，對著慶典的煙火狂肆吶喊：醒醒吧，巴黎！

想念淡水。某一年生日與妳沿岸緩步的石板路，那棵低垂到不能再低垂的老榕樹，葉叢突然的暗香。我在有河書店打烊前帶走一本詩集。我望著流水對岸的觀音山靜靜浮現自妳的眼底，而寫下句子：

河徑忽然暗香是花的謝落
或綻放，是樹皮蒼老的皺紋裡一顆新露
屋牆綻裂著泥土和藤草，路燈迴旋著群蟻
是側影的月，併肩而行的夜色的黑髮

又一列夜車從來時的遠方駛近，我在心裡低迴著那一句「醒醒吧左岸⋯⋯」，而子時的查爾斯河，便適於所有思念的清醒。

不散

紅磚砌成的布瑞托戲院（The Brattle Theatre），在街角暗自發著光，如夜間的堡壘。牆身半掩於地面。票口和入口需繞至左側邊，沿那小小的階梯而下。走進室裡的黃暈。走入小鋪剛爆好的爆米花香混著建築古老的氣味。在此剪過票，然後迴繞著樓梯，走上放映廳。

我喜歡這座戲院。喜歡這裡的廊柱掛滿老劇照，牆面塗繪有影星的肖像。一個高起的舞臺在前，彷彿童年校舍的禮堂。小鎮廣場總有這樣一座以市街為名的戲院，布瑞托、薩默維爾戲院，佇立百年，最初用作表演場所，上世紀五〇年代布瑞托始放映第一部藝術電影至今。

這日節目是一齣名為《Matt & Ben》的喜劇。麥特・戴蒙與班・艾佛列克。少年時的兩人，在劍橋市比鄰而居，是長大的死黨、也是共懷好萊塢夢的夥伴。這齣戲便描述麥特與班創作《心靈捕手》劇本前夕，鎮日窩在紊亂的房寢，吵吵鬧鬧。這晚反串演出的劇場女演員，身形修長的，紅夾克、將球帽反戴，飾演大塊頭的班，斯文而微帶憂悒的，扮演電影中同樣善感形象的麥特。劇作最吸引人的，無非是將讓兩人一夕成名的《心靈捕手》劇本，設定為從天忽然而降的禮物，由此引發種種荒謬突梯的友誼故事。

舞臺上擺放格紋舊沙發，牆面張貼著球星與已然泛黃的《School Ties》海報，角落擱置著一臺笨重如箱盒的電腦，竟也像極了自己的九〇年代。

我的九〇年代，是一條通勤於忠孝東路鄰近的公車路線，沿途的校園、深夜的不眠書店、統領百貨樓上的戲院。是終端機開始串連起的虛擬世界，聊天室、MSN、電子布告欄的心情點歌板。是筆記簿裡抄寫的憂愁善感詩句，嚮往一種青年藝術家的寂寞自畫如《情書》

和《鋼琴師》（*Shine*），又或將自己當作九七年的《心靈捕手》男主角威爾．杭汀。威爾終日和死黨在劍橋的街路酒吧廝混。於麻省理工學院兼差工友，偷偷解開布告上繁複的數學算式。天賦異稟，卻始終將內裡最深處的房間封閉。麥特與班合寫的劇本細描著威爾如何在與羅賓．威廉斯飾演的心理學教授談話間，徬徨於生命、自我，與愛情，是否一如十五歲的你。

仁愛路的行道上葉片飄落，枝枒間有傾斜的陽光，等待在學校後門的公車站牌，那年，很長一段時間，我的隨身聽反覆播放著電影原聲帶裡的憂鬱歌聲：「I’m in love with the world / Through the eyes of a girl / Who’s still around the morning after……」那時的我，還不識得艾略特．史密斯（Elliott Smith）的名字，等到開始收藏其專輯，他已自戕過世多年。那時與威爾並肩坐在波士頓公園湖畔談論生之意義的羅賓·威廉斯，溫柔說著：「我不能靠任何書籍認識你，除非你想談自己，談你是誰，那我就著迷了，我願意加入。」更多年後也自盡逝去。

唯留下電影來到了它自己的二十歲。而我終究沒有成為當年憧憬的耀目之人。畢業，工作，平凡度日。卻也不曾想過有一天，走進了波士頓故事。

後來我在布瑞托看了許多電影，《2001太空漫遊》、《清水裡的刀子》、《克萊兒的相機》、《大象席地而坐》，又一部，另一部。每次離去，行經哈佛廣場冷寂的夜晚，常想起曾徘徊在此的麥特與班嚮往的一種明日。想起艾略特·史密斯配樂中輕輕的歌唱。在酒吧之間，徹夜喝吧，寶貝。那週末我在房間裡重看了一遍《心靈捕手》，直到黃昏將陽光漸漸收回。在度日之間，就讓我成為那樣一個不願散場的人吧，寶貝。

外邊

房門敞開，小小的廊道看去有一扇窗。早晨是早晨的光落在屋前的街道，成排的斜屋頂，不很遠的半坡，冬枝枯索地像壓在頁間的書籤。弓弦般的電線上低迴著雀鳥唧唧的鳴音。若前夜有雪，則窗景塗抹上一色，鏟雪車在道路留下了濕濘的筆觸。如果是暮色的憂鬱，如果濃霧繚繞，像流動的畫。

室友抱著一堆畫具從廊道探頭幾次問「要不要來畫畫」之後，我擱下手邊的書說好啊，「但要畫什麼呢？上次碰畫筆彷彿是學校美術課了。」那週冬季課程室友參加一堂藝術工作坊，傍晚回到家，即將當天完成的圖紙鋪放在客廳桌上。朵朵的花，構成如幾何的圖形，綻放的葉瓣一圈圈漣漪般環繞擴散。廓線間有指尖抹開的淡薄光暈。「這是媽媽教我的哦。」「就隨意畫出你心裡浮現的畫面。」

圖紙平鋪在地。盒裡的鉛筆、粉筆、著色筆滾落滿地毯。我伏身在空白的世界之前，自記憶中曳出了長長的線條。

國中的年歲，我曾與班上一位同樣愛畫畫的同學，詢問美術老師能否課餘教我們素描。那年每當午間鐘響，所有人側臉趴睡在桌面，我們會穿過靜謐亦如午睡的校園，來到角落那幢大樓裡的課室。

印象的畫室窗明几淨，長桌總已擺放著各式石膏靜物，球體、柱體、椎體，蘋果和水梨，或維納斯半身像；老師陪著我們，從結構比例的練習，到明暗光影，有時臨摹彼此的臉，有時勾勒自己的手。那時深深塗抹的炭跡，往後的歲月都到了哪裡？不知道。那時彷徨的青春曾否因反覆的描摹，而輪廓清晰？我唯獨確知的是，畫畫的時候，我全心全意快樂。

唯留下一本剪貼冊。某次，老師送給我們她自製的畫冊，翻頁盡是版畫般黑白的線條。仔細看，那狀似幾何的圖形有些實是蜂群，有些蜂蛻變成鳥，鳥像魚，是魚嗎還是池面的葉子。「這是我最喜歡的插畫家，他善用空間的錯視，創造出一個一個奇詭的世界。」我看著那些在建築間對倒歪斜的樓梯，士兵們行走彷若迴升無盡的臺階，或畫家那一對最知名的手，拾筆素描的手，在平面與立體的邊緣，描畫彼此衣袖的輪廓。

他也著迷於鏡面或晶體，經過其中折射令人迷惑的宇宙。老師邊介紹、一邊寫下藝術家的名字：M. C. Escher。

稍微回溫至冰點上的二月，潮濕的水氣卻落成多日霏霏的細雨。列車停站在波士頓美術館前，整幢巍峨的建築，仍隱現於濛濛的雨霧。廣場草坪上村上隆的太陽花，眼眶的淚滴更寂寞了。週日的午後，我帶假期前來的妳專程來看那以「無窮的維度」為名的 M. C. Escher 特展。

剪貼冊裡曾經銘記的畫作此刻在展廳四周將我們環繞，回憶像綿延的田園，有一瞬，幻化成振翅的蜂群。

後來，我站在那幅《手上的反射球體》（*Hand with Reflecting Sphere*）前許久，朝向畫紙中手托的球體，對視著其中弧狀反射的畫家的眼睛。在藏書環繞的房間，男人西裝筆挺、面頰瘦削、落腮鬍蓄長成嚴肅的線條、目光直視如炬；那是畫家少有的自畫像，卻將自己藏匿球中世界，抑或是，將觀者永隔於世界的外邊？

曳長的線條是夜裡的查爾斯河。塗塗畫畫的時候，想起了前些日子所寫的〈左岸〉。我在河岸畫上了樹林和高樓，在一側描繪出橋墩與鐵道。一節一節車廂穿越，有些成為銀河，有些成為月光。「這是薩默維爾，這是燈塔街。」我對室友指指那裡、這裡地解釋。

那晚我將畫好的畫立在牆櫃邊緣。睡前看去，恍然像懸掛牆上的小窗。而穿過了無窮的窗，一條銀河的鐵道將載我至外邊靜靜飛翔。

方舟

面西的塔樓，在傍晚時分像一張揚起的臉，鐘面的指針鑲著金黃色的光芒。我坐在這些日子經常待在的位置，昆西與哈佛街和麻薩諸塞大道，在帘幕微掩的窗外交會，三角的地帶，留下了一片疏疏淺淺的綠地。枯樹、鐘塔、街燈、行人，各有各的向晚的張望。

Chin，我坐在這些日子以來同張的木桌子前，寫信給你。你從西岸捎來的明信片就夾在書頁間，隨身整個星期。到了二月底這時，除去偶然的雲氣，確已令人感覺季節逐漸回暖。揮別覆雪的街道，告別眼中凝成的薄薄的霜，彷彿現跡的松鼠般，又開始出門、恢復走路的生活。

春季我旁聽著一堂王德威老師的「當代小說與歷史」，週一下午，固定至燕京那磚紅靜穆的古老建築中課室。其他時則多徘徊於圖書館間。我一直睡得不好。相較昔日臺北的朝九晚五，現在可說是一隻令自己也陌生的晝伏夜行的動物了（笑）。日裡昏沉，往往四五點才清醒起來，收拾書包，遲遲出門。

從北面進入校園，穿過草地，不用十分鐘，便能途經離家最近的燕京圖書館。哈佛有七十多座圖書館。我房間的牆上，釘有一張秋天初抵總攜著的地圖，圖上標記著分布於劍橋校區的圖書館，光點叢聚似星圖。而最大的一座懷德納，就在校園中心那片小徑分岔的大草坪前。懷德納的母親為紀念鐵達尼號船難喪生的孩子，捐贈了家中藏書，和這幢巍峨的建築。

寬闊的石階，希臘式廊柱，漫長消融於暮色，逕直走上二樓的閱讀室，室裡迴盪遼闊的寂靜，僅紙頁窸窣沙沙。擇臨窗座位，望外是教堂襯在天空中潔白的塔尖。

而此刻，我坐在另一座更常讀書的拉蒙特圖書館，另一扇窗，收容著另一座鐘塔。我更喜歡拉蒙特因唯有它是徹夜開館的。天暗前約莫五六點來到，在對街的Tatte麵包店買杯咖啡（隔壁就是哈佛書店，門前總有個在看書的流浪者），返回靠窗的位置。愈晚、念書的學生陸續前來，占滿每一張桌。我會待到凌晨，再沿著冰涼的街道，走三十分鐘路回家。

在這裡讀書、回信、寫作。在這裡讀到這樣的句子，「我孤獨　我寂寞／誰不知霧的彼面有清醒的境遇／誰不知　恨又倍加愛的濃度」而震顫，而難過。

上週五清晨，被窗外呼嘯的風雨驚醒，輾轉，卻再睡不著。終於陷入惶然不安。六點多收了東西倉促出門。

回到拉蒙特前，傘沿路翻了無數次（稍晚看到新聞才知有嚴重的風暴侵襲）。早晨的圖書館，只暈黃的光清醒。我看見幾張桌上敞開書或筆記，字跡與算式的主人，在臨旁沙發側身小睡。那天，在這些日子以來的桌前，嘗試讓自己靜下來，續續讀著陳千武的《獵女犯》。叢林的霧，疊映著窗外的，大雨大雨一直下。擱淺的我，等待著雨水淹漫足踝，還是等待著銜枝報信的鳥，帶來遠地的消息（一如你的明信片）。Chin，有一刻，我竟感覺整座拉蒙特像潮漲中浮晃的船，微光穿透木板的間隙，直到心的底層，帶來張望，帶來絕望。

但現在，我暫且沒事了，再聊。

斑馬

晚上下起了大雪，不知是不是今年的最後一場。如果是，希望它下得再久一點。——日記．三月八日

雲層還厚，日夕被切割得一束一束，亮晃如銀，覆蓋在彼岸叢集的高樓，灑落在海，於小島，所有紅色的屋頂之上。

日光岩的半面先暗淡了下去。我想趁天完全夜下來前，離開制高的觀景臺，回到葉蔭的小路，再繞島半圈。盛夏的坡徑滿是落果糜爛的味道，以及一日最後的蟲噪。來到島的西南側，脫下鞋，走上一片沙灘。浪一陣一陣鍵擊著海岸清澈的音色。或繼續赤著未乾的腳，走過另一段環島行道。

那年夏天，我幾次搭輪渡回到暗海中的鼓浪嶼。避開遊人，往小徑

分岔的更小徑，找尋詩人邱剛健的足跡。這是他在詩中憶述的小學操場嗎？這是他讀到《王國維論學集》的那間書店嗎？哪有雨中的華爾滋？找尋著一種哀愁也如同「交歡於／鼓浪嶼的床與早餐／器官的許多慢板……」

積雪愈厚，仰著臉，街燈的光斑駁如雨。剛才在教室裡，報告著自己關於邱剛健與《劇場》雜誌的研究之際，就聽到呼嘯聲音晃搖著掩起的窗。氣象預報說入夜將有暴風雪。五點多時，已下起針尖冰冷的雨。

這一年我常參加一個由研究生組織的讀書會，以東亞媒介文化為主題，十多個人，每月於燕京所在的二樓課室聚會。前週為了準備答應下來的報告，而緊張莫名，連續幾晚在圖書館編輯投影片、擬寫講稿到深夜。

一九六五年，邱剛健從夏威夷回臺後與幾個朋友創辦《劇場》，譯介歐美日前衛戲劇和電影文章，且在耕莘搬演《等待果陀》，拍攝實驗電影；至第九期後，無預告地停刊。一九六六年中，他已轉赴香港電影公司，開始編劇生涯。九〇年代旅居紐約。晚年長住北京時，重又寫起了年少鍾情的詩，身後留下二本詩集《亡妻，Z，和雜念》、《再淫蕩出發的時候》。

一邊報告、邊想起詩人的島。那年在廈門大學會議後，因溽暑颱風將襲，動車全線停駛，原訂前往臨縣的行程取消了。同寢的學者提前離去。我因而獨自滯留在那間小旅館裡。白天，一個人從南普陀寺後邊登行上五老峰，讓整個城市臨望眼底。傍晚，到曾厝垵鬧熱的巷弄遊逛、填飽肚子。其後幾天更是午後就搭船到鼓浪嶼，待至島上盡黑。

倒數第幾班返航的船，劃開晦暗的海面，身後的孤島，一時沒入靄靄霧中。碼頭外的人都散去了。我查看著走回旅社的方向和路名，小小的廣場，忽有吉他撥弦的旋律。

在海邊、在鬧市，那幾天，偶爾途經街頭的歌者，我總會駐足一時。卻不知為何唯有那時的一句，突地闖進耳裡，斑馬斑馬，你回到了你的家，可我浪費著我寒冷的年華……那晚的碼頭在記憶裡有著墓碑的光，我卻該怎麼向你更真實地敘述，所有微小死去的片刻？該怎麼與你敘述，那些邱剛健所謂「足夠他糜爛餘生」的一瞬？

這個四月第一場春雨下起的夜裡，我搭上地鐵，到城中的威伯劇院（Wilbur Theatre）。幾週前，在網上看到宋冬野將來波士頓演出的訊息。是時獨坐在席中。當他唱起了那首歌，我忽然很想念一座碼頭，想一片未來想念的雪地。

那晚自燕京離去，沿途撐著傘，也擋不住撲面襲來的凜冽。這是不是今年所度過的最後一場雪？穿過了隱沒的草地。如果遠遠地，一瞥草地中踽踽獨行的身影，你會知道，那是一隻斑馬，身上遍覆如雪的白，那是一隻斑馬沒入夜色遙遠的黑。

孩子

小小的手，躲藏進大衣鈕釦與鈕釦的罅縫，唯小小的拇指留在領巾外頭，欲翻開著什麼、或是將遮蓋什麼。

齊齊整整的緞帶，在頸間和踝間，將她綁束為淑女的模樣，厚重的布料壓在身上像秋天的海，洋娃娃的臉容，投上了帽緣皺摺的淡薄光影。她也像身後那扇門緊掩的陰影。曾經漆綠的門與牆，摻上時間斑駁的白。

女孩名叫珍妮。有著一對礦物般的藍眼睛，麥穗色的髮。女孩那年五歲，在父親的朋友費爾南·諾普夫叔叔畫筆下，沒有孩子調皮淘氣樣，卻留下了這幅端莊敬謹佇立在門扉前的憂傷肖像。令人悲傷的，有人詮釋是，相對於孩子嬌小的個頭，那扇過大而緊閉的門，那環圍著她的一堵牆、灰漆的地板，象徵著大人的世界。而我又從外面世界回到了她的面前，美術館繁複迴廊展間的一個角落。

那週飛至洛杉磯，借住在Chin的宿舍。連續幾日，前去UCLA羅斯大廳莊嚴建築裡一間光線靜謐流瀉的會議廳，聆聽關於一九三〇年霧社事件的研討會。傍晚，Chin和Insky帶我吃飯，開車載著我兜風，到山丘頂上《La La Land》男女主角歌舞定情的格里菲斯天文臺，等待夜幕低垂，平原城市砂金般亮起。

其中一天，我也和Chin到了市中心的The Broad和MOCA。五六點再返回Insky的住所。她在住家院子辦烤肉會，邀請許多朋友。洛杉磯的秋天夜得很晚，鬱藍的暮色恍如永恆。

另日他倆都有課。我獨自搭車，先至學校附近的漢默美術館，而後步行來到西木村墓園，尋找夢露碑前的玫瑰；再轉公車宛延上山丘道路，前往那座盤據丘頂純白的蓋蒂美術館。十九世紀末的比利時象徵主義畫家費爾南·諾普夫（Fernand Khnopff），那幅畫於一八八五年的《珍妮·可菲爾的肖像》（*Portrait of Jeanne Kéfer*）就收藏於此。

我是在二十歲之初，第一次見到珍妮和她的憂傷。三十歲那年再訪山丘。五年後又回到這裡。門靜默依舊，女孩的孤立依舊，覆蓋著忐忑的手依舊，然而再不是孩子的我佇立畫前，默默地，對她說：

「嗨，妳好嗎？」

那天傍晚離開了蓋蒂，才想起這趟來洛杉磯，還沒看到聖塔莫尼卡的海。查看氣象資訊，離日落約莫還有一個鐘頭。遂乘上輕軌，往夕陽墜落的方向駛去。

近海始有風的低迴，鷗鳥成群，反覆劃過沉暗的天空，我沿著記憶中的木棧橋，走向海，走上沙灘。將鞋繫綁於背包後，褲管捲起，讓赤足陷於綿軟沙中，直到秋天的浪吻啄腳尖。我終在日夕最後一刻，抵達了世界的邊界，凝望著暈紅光焰，轉瞬被海平面吞沒，夜晚是最終的顏料吧，令海天一色。

徘徊在鋸齒狀的浪再走上一段，回身折返時，天已全黑，港埠旁那座摩天輪，在夜色中閃爍著寂寥的霓光，樂園的喧囂，在潮聲覆蓋裡遙遠傳來。

我們是不是終究都如此佇立在世界的面前，手掌貼緊胸前，安慰自己惶惑的心？妳好嗎，小珍妮，那時走在海與沙的交界，我掛記著妳，也忽然惦念起另一個喜歡看夕陽的男孩，在寂寞的星球上，他的憂傷，妳的憂傷，與曾也是孩子的我，純真的悲傷。

暖身

濛上的霧白自眼前退去後，浮現一間冬天裡的咖啡廳。桌前的人在午後聊天念書，狹長的吧檯，氤氳著沖煮陣陣的蒸氣。

圈握杯身，暖暖雙手，離開前又再帶一塊巧克力脆片餅乾。我從這間經常造訪的Simon's Coffee Shop，折入和大路相交的林奈街。街的另頭可銜接上回家的路，長街筆直則穿過一片靜極了的家屋和宿舍，幾回夜裡途經，燭黃的燈，暖著不同的窗。剝著小片餅乾，在步行約莫十五分鐘的距離，小口啜完咖啡，稍填了肚子，就來到林奈街盡頭的緩坡，哈佛舞蹈中心的入口就藏身側旁。

長廊牆面掛滿一幀幀劇照與海報，大排練場在底處一扇厚重門後。那週日的午後我上了第一堂舞蹈課。客座的編舞家芭比·珍·史密斯（Bobbi Jene Smith）同時帶來她的獨舞《A Study on Effort》。芭比·珍是以色列巴希瓦舞團資深舞者，二〇一四年，為了自我舞蹈的追求，毅然離開工作十年的舞團，與戀人分別，回到美國，將自己投身於未知。導演艾維拉·蓮（Elvira Lind）跟隨她兩年，將這段旅程拍攝完成二〇一七年以其為名的紀錄片。

芭比·珍在我們數十人圍成的圓心，引導著「Gaga技巧」的練習，從關節細微扭轉起，暖暖身，形成第一個動作，「讓水流經過你，你的脖頸、前胸、骨盆、踝至足，與之流動或者融化……」在思考的慣性前，她說，讓動作延伸疊加至下一個動作。Gaga，是巴希瓦藝術總監歐哈德·納哈林（Ohad Naharin）為探索動作語彙所建立的舞蹈方法，帶領每個身體，朝向記憶與界限的邊緣，觸及未知。

排練場燈光白燦，舞臺裸裎著，現出的支架和懸吊燈具如沉睡模樣。這裡有大面傾斜的屋頂，倘若躺下，可見午後的陽光，砂金般穿透狹長的窗，徘徊寬闊的空間。有的人總在自己的角落，有些人流魚般穿梭。我想起多年前，初次走進大學那間舞蹈教室，一排大片鏡前，看見自己陌生的臉、遺忘的身體。像嬰兒重新爬行、學步跳躍。或在那間高樓裡的排練室，把桿旁，踮腳練習舉起第三位手，老師說，延伸，像天使拉著耳朵，總是那時，日暮自城市背脊線隱沒，令人彷彿飛翔。

走過冬天到春天的林奈長街。覆雪了，花綻放。我在這裡跳舞。彼得·朱（Peter Chu）融合了現代與太極的舞。也曾是巴希瓦舞團的賽默爾·皮特（Shamel Pits）帶來的Gaga。出生布魯克林的編舞者香奈爾·達席爾瓦（Chanel DaSilva）前來的那天晚上，帶來琴手現場伴奏，排練場迴盪著旋律和鼓音，某一刻，我感覺身體彷若風箱鳴響。

週五晚上，到法卡斯廳（Farkas Hall）看了哈佛舞蹈中心的春季節目。排練場裡身影熟悉的男孩女孩，戴上大頂圓盤帽，一身盡黑，臉容隱現在帽緣的陰影。換幕後一身大紅斗篷。或在留聲機的斑駁音樂裡，卸下臉上無盡的面具。我看著三支我曾跟著跳舞的編舞家藉由身體物件，創作關於交際場下心靈內面的作品，聽編舞家在演後座談溫柔說著：「Passion to move!」

散場回家，微雨落過的街道，有小小水窪，我跳步越過。就像那晚在排練場最後一次跳舞，編舞者帶我們做了一組grand jeté，斜向穿越偌大舞臺。在每一次躍起的片刻，雙臂延伸，有如翅膀，在落下之後，我已開始想念著，下一次朝向遠方的不安，與飛翔……「所以跳舞吧。只要音樂還繼續響著。」——《舞．舞．舞》

藍調

牆是磚紅的，大面的窗漆黑如鏡。映照出薄暮，映照一張隱約的臉。面頰略微瘦削，頭髮留長了在頂上紮成一束。與窗上一紙公告：

今日演出售罄。

布萊頓音樂廳黑底反白的字母，大大標示在入口上方，兩側看板上字樣復古排列出每晚樂手的名字。布萊頓，是波士頓城西的一區，從左岸前來需至哈佛廣場轉乘66路公車，越過查爾斯向晚粼粼的河光。那晚，Jorja Smith在這裡演唱。紅房子裡很早就聚滿了樂迷，從角落的吧檯帶著啤酒來到臺前舞池，暖場音樂自懸掛的音箱嗡鳴迴響，激起一陣陣人影搖擺的舞姿。

在這些日子的步行裡我總聽著Jorja Smith。聽著〈Blue Lights〉將耳機外的街道，覆蓋上一片憂鬱的藍光。聽〈Carry Me Home〉，牽引著我，返航於你的雙手。她壓沉的嗓音沙啞傷感，像砂紙般，將青春的稜角慢慢磨平，高音又穿透如玻璃的光。來自英國沃爾索爾小城的Jorja，二〇一六年十八歲、猶在咖啡店打工之時，在網路上發表了第一支單曲，帶點九〇年代懷舊的節奏藍調曲風，很快受到了樂壇矚目。

走路的日子，倍覺孤單的時候，我總會浮現Jorja或街道其他的旋律。耳機裡播放著平克．佛洛伊德，穿行長長燈塔街來到河邊棧道的深夜，數著列車微光的窗，深陷至橋的遠處，直到消逝於月球另外一面。在一幢白色碉堡般的老建築聽完李歐納．柯恩紀念音樂會後，沿緩坡的寂靜走路回家，走進地下道，穿越了鐵道下方又再回到地表，邊聽柯恩低喃歌唱，在我的祕密的生活……林奈街的路燈下跟著deca joins唱著〈路〉：「他用石頭幫街上關燈／漆黑的道路上沒有寂寞的人」，讓耳朵裡充滿脆弱少女組。

我想起一九九五那年，住在表哥紐澤西家的暑假，擁有了第一臺黃色殼身的卡式隨身聽。我喜歡待在臥房看MTV頻道輪播的音樂錄影帶，逛唱片行時就蒐集著那個夏天占據排行榜的單曲卡帶，麥可．

傑克森的〈Scream〉、席爾〈玫瑰之吻〉、Coolio〈Gangsta's Paradise〉、瓊．奧斯本〈One of Us〉、瑪麗亞．凱莉〈Fantacy〉……尤其每每等著TLC的〈Waterfalls〉MV裡，如鏡的大海幻化成三人，以歌曲講述著一個關於街頭、非法用藥、愛滋病與幽魂的故事，我總是反反覆覆地倒轉卡帶，練習著左眼麗莎（Lisa Lopes）繞舌的歌詞。

霓光中，Jorja一身黑色格網的性感造型，走上了布萊頓的舞臺前，吉他與鍵盤手彈奏起那段令人熟悉的前奏旋律，尖叫隨之而起，「I wanna turn those blue lights into strobe lights……」藍色的光，是跨年雪夜的科普利廣場，閃爍的光是查爾斯河橋上的車廂，憂鬱的光，是倒影隱約的面龐。我一個人在一群人中聽著一首又一首。然後聽見Jorja Smith唱起了TLC一九九九年的單曲〈No Scrubs〉，我的青春的藍調。

二〇〇二年，左眼麗莎在宏都拉斯度假時的一場車禍中意外身亡，得年三十歲。十五年後，TLC發行了永遠少了L的下一張專輯。散場了，在街角等著深夜的公車時，我戴上耳機。那晚的麻薩諸塞大道漫起了濃濃的霧，哈佛廣場下車，再走二十分鐘回家的途中，眼前朦朧的街道，只看得見旋律的線條。

賦格

觸鍵時，指尖是向光遲疑的飛蛾，是吻顫抖的重逢。

樂譜散落在地，笨拙的單音敲響，引致一陣戲謔的玩笑。下一刻，觸技的旋律卻令喧鬧的一室屏息。那是一九九六年《鋼琴師》的一幕。

電影改編自澳洲鋼琴家大衛．赫夫考（David Helfgott）的真實故事。在父親近乎專制的指導下，大衛承受著巨大的精神壓力，卻也展露極早熟的才華。他執意前往英國皇家音樂學院就讀而與嚴父決裂。於一次演出中，為挑展難度極高的拉赫曼尼諾夫《第三號鋼琴協奏曲》終致崩潰。

年少時的你，也曾嚮往那樣撲火的光芒吧。翻開琴蓋，指尖輕撫著黑白鍵，任節拍器的擺錘答答答一整個下午，讓雙手重複練習拍翅飛翔。你會在左側放幾枚硬幣，音階毫無失誤，則將一個放置右方，彈錯音則移回重來。直到所有錢幣都堆疊至右側才換下一曲。

昔時的你也曾預想，倘若離開琴前多年，會否如大衛．赫夫考渴望琴音，走進一間嘈雜餐廳，顫巍巍地，將鍵擊下什麼曲子，令世界靜默？是《大黃蜂的飛行》，或《戰地琴人》裡月光朦曖的蕭邦《第一號敘事曲》，還是《海上鋼琴師》那首即興的觸技曲。

樂譜空白處鋼琴老師為你仔細謄寫了注記，是你最早默背的詩句，突強、強後突弱，田園般的，急板或如歌的行板。很長一段時間，你喜歡翻讀著那本樂器行找到的拉赫曼尼諾夫琴譜，手在身側不自覺變化指法。

觸鍵時，指尖猶疑，你按下多年後第一個和弦。是當年沒想到的薩提（Erik Satie）。念音樂的友人帶回屋裡一架新琴。入夜的薩默維爾，靜寂地只剩星星的聲音。樂譜擱在架上。已然稚拙的手，像誤闖屋裡尋窗的蝶蛾。

初夏的傍晚，你轉乘地鐵來到鄰近Symphony站的喬登廳（Jordan Hall），聆聽王羽佳的鋼琴獨奏會。那晚曲目包括拉赫曼尼諾夫、史克里亞賓、李給悌與普羅高菲夫。整場，你投入於她旋律裡強烈的敘事性，那些沉墜到底、卻彷彿能更加深沉的鍵擊，令你深深著迷。在半圓形坐席最右側，直視著她的臉，在琴弦繃緊間光影細微。

離開喬登廳時，天空猶留有最後抑鬱的藍。越過了河，回到薩默維爾，走在那些入夜後闔眼的屋子間，你忽然想起前些日子所讀的《鄉關何處》。薩依德娓娓憶述著前半生求學、離鄉的往事，接近書的尾聲，寫到哈佛歲月。在一個微小細節處，他描述當時在屋裡練琴，書中並附有一幀他伴奏的照片。你好奇索尋，才發覺年輕的薩依德，約莫就住在鄰近的街區。

那晚屋裡迴盪著續續的旋律。是拉赫曼尼諾夫的深邃、被擲下的更深沉。或是薩依德在對位的結構裡聽到離鄉背井的旋律。在身側，輕輕彈起了指法。鄰隔的燈還亮著。這裡的沉默像月色，輕盈如月色。靜靜地，你聆聽著暗中的暗，每一天，你觸擊著夜與夜的賦格。

黑橋

暮色收復了光的一刻，延伸的柱列齊集鼓譟，如管風琴的嗡鳴，橋拱的幽暗之處像魔術師的帽袋，反覆反覆地，自深處拉出黑絲帶，一會兒，便纏縛整片黯藍的夜空。

那幾天的奧斯汀燠熱、無風。豔陽下，行走在空闊的街區，雙頰灼熱，額微汗，眼前的景物蒸騰浮晃，彷彿又回到臺灣南方的城鎮。會議次日的傍晚，我和友人自校園裡的會場悄悄抽身，前往西側鄰河的那間咖啡廳。

抵達時日光業已低斜，河面無盡的雙眼，折射著破碎的光芒，磚房、木棧的平臺、臨隔的船埠，都沐浴在一層薄薄的金黃，一艘小艇正離岸駛遠，曳出長長的漣漪。那間咖啡廳以莫札特之名。坐在窗邊，對岸不遠，丘陵側身低緩的線條竟形似八里。我喜歡一座城市被河流所環抱著，淡水的淡水河、波城的查爾斯河，科羅拉多河宛延流經奧斯汀的肚腹之間，在地圖上，像伸延的臂彎，將戀人的腰輕輕地承托。

幾個月不見，與朋友補上了彼此生活與寫作的近況，聊聊這兩天我們分別從東西岸飛來會合、參加的北美臺灣研究年會，各自讀一下書，準備隔日的報告。我們想趁稍晚夕陽不那麼熱，沿河岸走一段路，約莫日暮時分，再乘車往南邊的議會大道橋。

那座橫跨柏德女士湖的大橋，將城南的居民帶進城市的心臟，若望向道路盡頭，遠遠即能看見德州議會古老的建築，圓穹頂、寬闊的柱廊，日晝灑下時，像鹽沙雕成，夜裡巍巍然一座白色的城堡。稍早聽曾造訪的閔旭提起，每天，到了晝夜轉換之際，棲居於橋上的無數蝙蝠便會振翅夜行，飛行的隊伍將綿延好幾公里。

初夏之後，相較彷如永夜的冬季，日長延遲至八點二十餘分才落。來到橋下的公園，草坡上已聚集許多野餐候等的人。沿著河岸的林道步行小段，水面泊停的船艇在葉間隱現。而議會大道橋的墩柱，厚實地佇立在河中初臨的夜色，橋拱深邃如巢穴，是琴風箱的奏鳴。我和友人小口啜著氣泡飲料邊等待著。直到橋上的街燈在某刻同時電火閃爍，映照出滿橋探身，火柴般細細亮起的人影。

灰黯的雲，忽忽便自橋拱深處湧現。初始還分辨不出是夜色或其他；但習慣了幽暗的眼睛，漸次得以在色塊中，析分出點觸的顏料。一隻一隻撲翅夜行的小獸，黑色絲緞的綿長，往月升東向飛翔直至更深更深的宇宙……。

當旅程日長，許多時候，我愈感覺自己就像對倒於橋下落單的獸，與世界的白晝遠遠地隔開。有些時候我想起了你，邁叟，而愈感迷惘，為何我身處在這，在那？而這些極美的片刻，奧菲斯所曾歷的幽暗，布朗修的另一種夜，對他者來說，意謂著什麼？

隔日，會議結束之後接著晚宴，與會的學者們成群成群的，吃飯、熱烈交談未竟的話題。我獨自坐了一會兒。而後安靜地離開。

那時月光純白，自仿羅馬競技場的建築牆面，早升於透明的天空。我從校園往南，途經了白色城堡，復順著議會大道散步著。經過派拉蒙劇院。在天色漸暗時，走進酒吧密聚的街區。那幾天正值西區冠軍賽，吧檯上的電視都正轉播著火箭與勇士系列球賽，沿街喧譁。

來到河邊業近九時，夜空已將暮色盡數收回。蝙蝠離巢，黑橋寂靜。我逆著人群，從橋的這一岸，走到了對岸。再從那一岸，緩緩地，疲倦地折返。

散記

穿過林徑，便是湖。淺淺的岸沙上，遍長著挺直的草莖。午後日光烈豔，大地卻無倒影。

那是入夏以來最熱的一天。Jannis傳來訊息：要不要到華爾騰湖游水？薩默維爾往西北邊駕車約莫半小時，駛抵了康科特鎮。一八四五年，梭羅從出生的小鎮遷居近郊，在華爾騰湖畔，築建一幢小木屋；歷兩年兩個月，於此散步、沉思，凝望四季的湖水與林相，嘗試過一種簡樸隱逸的生活。

湖隱匿林中。深暗的薄荷色水面，投映著淡淡的雲。我們將野餐的帆布平鋪在林樹蔭涼處，卸下包包，閒散而坐，讓日陽照曬一時，任光在微溫的皮膚上圖畫著。來到北面的湖水，流淌成另一小小的灣，像忘了擦掉的淚。Jannis指向林路不遠，對我說，那就是梭羅曾造的木屋的角落。

近水的石頭磨圓，可以輕輕立足，水很清涼，Jannis身影在我前方先行隱沒，離岸游去。我輕輕划動著雙手，兩腳曳出水痕；隨波愈往湖心，光線無法穿透的底處，漸區分出愈冰的暗湧。遠離岸邊一段距離之後，世界只剩下一些些綠，和無限廣闊的藍。讓自己仰躺漂浮之時，令人不禁揣想起百年多前的哲學家，是否曾如此漂懸度日？

遷居查爾斯河畔的這一年，對你或也是一場懸浮而緩慢的告別。窗外將世界覆沒的雪，曾幾何時業已消融不見。你在房間裡、在深夜的圖書館，與世隔絕般地讀書、寫字、發獃，有時陷於內在的焦躁狂亂。這一年，Jannis是少數結識的朋友，他是你旁聽課上總活躍而機智發言的博士生。你記得在那次紀錄片《中國梵高》放映後，他問你要不要一起晚餐。你猶豫了會兒，說，好。此後，才慢慢熟稔了起來。

總是他找你吃飯，找你看電影，找你去這去那。你記得某日，他找你到家裡一起煮食。傍晚的陽光穿透廚房薄薄的簾幕。你在水槽洗米，他在砧板前按食譜切菜備料。小火燉煮肉塊。調醬。最後再盛入精緻的瓷盤之中。飯後，兩人沿著他住的社區散步，在初升的夜色中，聽他說他的生活。

我遂感覺那天午後是他刻意帶我造訪梭羅的湖濱。熱暑下，他連日身體不很舒適，游了一會兒，就回到岸上，翻看著書。而我慢緩地，游到了湖的對岸。在沙岸上稍作休息，讓碎波陣陣漫過足尖。而後再游返來時的湖岸。離開華爾騰湖，他又駕車帶我們繞到小鎮，直到臨晚我說，早點回家休息吧。

臨別時，我知道那或是我們在遠地的最後一面。但我沒說出，只是朝著他的車窗揮揮手。彷彿不特別告別，隔幾天就會再收到他的訊息，隨興問說要不要去這、去那。

這一年，我隨身帶了一本海子的詩集，擺在書桌上，逐字逐句默讀。我沒有和Jannis提及，去華爾騰湖的前晚，我才重讀到詩集中輕輕注記的小段，好年輕的海子臥軌自殺時，隨身帶的其中一本書，就是梭羅的《湖濱散記》。我沒有對他說，游水那天是七月三日，一八四五年的隔日，梭羅來到了華爾騰湖。

不朽

倚身於露臺下望，石柱、浮雕、繁茂的熱帶枝葉，襯在這淡淡粉色的磚牆之前，像懸掛的另一幅畫。提琴的弦聲，自中庭的花園，迴響整幢四層樓高的古老建築。我無法聽很清楚歌者的唱詞，我們卻都為旋律中的哀愁，而牽引哀愁。妳目光投向花園久久不移，眼裡撲簌流淚。

連日陰霾到傍晚漸晴。轉乘綠線，至美術館站下車。穿越幾個街廓。踩過濕漉的草地，帶著妳，終於來到伊莎貝拉嘉納的花園。長長的廊道通往宮殿中庭。迴廊一圈圈走向一樓、二樓、三樓無數的廳室；有些房間光照轉暗，有些房廳空闊、盈光，牆上掛滿織毯或油畫，桌案陳列著精裝珍本、筆墨與燭臺，天使的雕像，靜靜棲身於石階斜傾的牆柱。

伊莎貝拉女士是上世紀初美國重要的收藏家、慈善家。年輕時，與新婚丈夫遷居他的出生地波士頓；此後，曾隨哈佛大學諾頓教授學習藝術史，並開始她的收藏生涯。這座私人博物館，是伊莎貝拉與丈夫多次旅行威尼斯、留住巴巴羅宮，始有的想法，一八九九年起建，即採威尼斯宮殿形式，一九〇一年末竣工。一至三樓陳列所藏，伊莎貝拉在丈夫早逝後搬進了宮殿四樓。一九〇三年，在波士頓交響樂團的音樂會中揭幕。

我們經過了門廊邊林布蘭繪於二十三歲好年輕的《自畫像》。也見到那幅瑞典藝術家安德斯·佐恩（Anders Leonard Zorn）所繪的《伊莎貝拉嘉納在威尼斯》；相較於陳列於歌德室的肖像中，伊莎貝拉一身素淨的黑，雙手輕輕交握身前呈顯端莊優雅，威尼斯的她更形愉悅，手扶門扉，一腳踏前彷若舞姿。妳說，她的心，必定嚮往著生命自由如舞蹈。如我很喜歡一幅畫懸掛在中庭旁側的廊道盡頭，整面牆寬的《El Jaleo》，是約翰·辛格·薩金特（John Singer Sargent）描繪的西班牙樂師，和樂池中吉普賽舞者魅惑擺動白裙的身姿。

去年秋天剛來到波士頓，就一直想造訪這座花園宮殿。幾次途經美術館站。很快卻入冬，整城長夜覆雪。遲至四月底仍有雨雪。沒想到一年就這麼過去了。這天正好是博物館的「Neighborhood Nights」，晚間有場音樂會、詩歌朗讀和舞蹈表演。白天間歇有雨，我試問，仍要去嗎，妳說沒關係，帶傘，就走走吧。

弦音讓靜默的更形靜默，露臺邊的妳，想起了什麼心事？那時，我回身注視著一室的畫，留意到有幾個懸吊的框失去畫布，裎露著邊框木質的紋理。隨手翻閱一本圖冊，才讀到一九九〇年三月十八日，宮殿曾發生一起重大竊案，十三幅失竊的畫作至今未能尋獲，其中包括馬奈、竇加等，及林布蘭唯一的海景畫作《加利利海的風暴》。

空去的框懸擱了數十年，會否有完整的一天？稍後妳又問我，百年之後，這些畫、雕像、這座花園，還會在這裡嗎？而我和你，又在哪裡？我想起大學時期很喜歡的一部小說，名為《不朽》，米蘭·昆德拉在其中寫下這樣的話：「人們指望不朽，可是忽視了不朽與死亡一起才有意義。」我想像伊莎貝拉初見林布蘭肖像中青春樣貌的心情，想起了那幅畫作中，她佇立成永恆的靜謐之姿。手牽著妳，從露臺離開。沿著樓階，逐一告別每個房廳。

這一年的一切終將如未來的每一年過去。妳的疑問，有時我知道。更多時候我不知道。就像此時此刻，我想在寫下的每個字句裡，讓花園和音樂，讓房廳裡的暮光、淚水與回憶不朽。然而，只抓著了消亡。

流金

飛行的夜，像甬道不見盡頭。艙壓漸升後，聽覺沉埋於嗡嗡的鳴響。微小的屏幕閃爍，螢光卻似掠過水面的禽足，攪動雙眼，留下短暫的餘波。我是在懸浮高空萬呎的那時，才有了離開的實感，才為了十數小時之後，將降臨的遠方，無端茫然了起來。

此前一年，我的生活到處印著忙亂疊加的蹄印。編輯桌。咖啡店。深夜下班途經的古老博物館，廊柱巍峨，窗孔靜默如獸。入夜後蕭條的巷道。荒寂的火車站地下街如夢的長廊。直到八月中，將雜誌社最後的工作收尾，餘下幾天，一邊收拾行李、邊仍趕著積欠的文稿。

那樣的日子裡，我總是聽著一張封面是雪景的專輯；照片中，遠方公路的小旅館或商店日光燈微微暈亮著幽暗，細雪如星芒，覆蓋了夜空，覆蓋車頂和窗前。那是來自佛羅里達的樂手Chris Staples的專輯《Golden Age》。吉他純粹極的撥弦、溫煦而寂寞的嗓音，輕聲唱著：「So much water／Underneath the bridge／Seems like only yesterday／We were only kids（許多流水／在橋之下／像僅僅昨日／我們仍是孩子）……」第一次，戀人傳來這首名為〈Always On My Mind〉的歌給你，往後的每個早晨你都以這張唱片，揭開新的一天。

寫稿的時候，念書的時候，我聽著Chris Staples，茫然迎對未來的時候，烈陽的早晨排在等候簽證的隊伍，採買生活用品時，也聽著，複印各式文件，整理行李，行前一週，過去的一年，濃縮成四分鐘的歌，唱到靜默，唯剩下來不及收好的心情，直至飛行的夜空散落。

我在幽黑的艙位中戴起耳機，從第一首聽到最後，接著換上專輯《American Soft》、再換上《Badlands》。途中也終能安靜下來看了一部電影《大亨小傳》，看費茲傑羅原著描寫下一九二〇年代的紐約和長島，了不起的蓋茨比，城堡通宵燈火恍如流金。

我在八月的最後一天降落紐約。隔週轉往波士頓。前幾晚借宿於一處，日裡則在陌生的城市裡揮汗行走，到處看房子，憂心找不到安身的居所。

待一切安頓，九月竟已將盡。這時，才看到月初來到波士頓的次日，當我在街路中聽著《Golden Age》徘徊尋看路標和地址，Chris Staples正也到波士頓演唱，卻就這麼錯過了。

我在無數行走的夜間聽他唱〈Dark Side of the Moon〉。我在降雪的凜冬來到紐約，在廣場輕哼〈Time Square〉：「We traveled so far／By plane, train and car（我們旅行了多遠／乘著飛機、火車，駕著車）……」季節濃縮成一首首歌，聽著唱著，遠方也有了熟悉的旋律。

酒吧在街角。那晚前來時天依然透亮。粉筆淡淡的字跡在牆上，告示當晚節目。我們鑽進一室的昏暗與喧譁，就看到他站在門邊，T恤、牛仔褲，一頂鴨舌帽寫著「HAVE A NICE DAY」。我走到樂池最前，吉他立在舞臺之中，臺前的地上擱著一罐啤酒、一張便條紙，潦草注記演出的曲序。一會兒他便從側臺走來，背起吉他，撥弦輕輕地唱起，那些我一聽再聽的歌。

擦身一年，離開波士頓的前夕，六月尾聲，Chris Staples夏日巡迴來到隔著查爾斯河的奧爾斯頓。那幾天正值世界盃，酒吧Great Scott吧檯上的電視無聲轉播著足球賽，一些觀眾來到舞臺前，有些遠遠地喝酒聊天。他說，真好，可以邊唱邊看轉播呀。一把吉他，一個人，唱起歌。間歇時有人呼喊：「想聽〈Dark Side of the Moon〉！」「下首就是呢！」

我會記得過去那些年的每個早晨。我記得那天降落前刻，從機翼窗口望出去，整城的燈光閃爍，那時聽著《Golden Age》的我，必然隱隱感受到眼前的，逐漸展開的地平線，將是迎向我的Golden Age，我的黃金時代。

港口

透明的海在透明的窗外。橫陳的棧道上，繫著一艘艘白色的船。船帆和旗幟無風低垂，天空蔚藍地彷彿不會有夜晚。查爾斯河宛延流經城市來到盡頭，有座我喜歡的白色城堡，佇立於碼頭邊沿，巨大幾何的造型猶如箱盒，環圍是窗，盈光在水上就像燈塔。

向海的這面有長長的廊道。來到波城的當代藝術館。走過四樓展間的人們，總會在彎進長廊之時屏息止步。大片窗透明裡，好廣闊的港口，是另一幅超現實畫。我與妳在沙發上靜待著暮色漸濃，冬日獨自初臨時冷凝的水面，此刻破碎成無盡柔和的眼睛。那時，我為了一支以巴哈《郭德堡變奏曲》編舞的表演尋覓前來，近海的風，凜寒鑽入羽絨大衣，港埠的行道，覆上厚厚的雪，又被鏟成一堆一堆，灰灰髒髒的；穿過一片轉白的草地，插著木枝的雪人是這瑟縮港邊唯有的身影，陽光下，閃爍著雪盲的光。

那日雁鳥成群，迴旋的細足曾劃過水面。劇場散場後，我獃坐在長廊沙發許久，妳正在半個地球外的清晨睡著。再過一週，就到了耶誕。日短、夜長。離去時整城早已沒入黑暗，路樹枝枒纏繞的燈串亮起，像小小燭焰浮晃。

我們轉過最後的展間，鄰隔放映廳傳來節奏強烈的音響，我對妳說，我們進去看看吧。

黑盒子裡，屏幕投映上光影，拼貼的片段剪輯自新聞影像、好萊塢電影、監視器畫面、YouTube，但見馬丁．路德的身影浮現、歐巴馬的臉、麥可．傑可森，浮現家庭錄像帶或白人塗黑臉的滑稽歌舞，其中充斥著族群歧視暴力的對待，更多卻是黑人充滿力量的音樂和舞蹈，搭配肯伊．威斯特歌曲反覆頌唱的一句「We on an ultralight beam／This is a God dream……」美國藝術家阿圖．傑法（Arthur Jafa）為呈現黑人受迫的生存處境，於二〇一六年創作這件《愛是信息、信息是死》（*Love is the message, the message is Death*）影像作品，播完了，留下黑暗的房間和我們。我輕聲對妳說想再看一次、又看一次、再一次。

這些日子我總也反覆聽著Childish Gambino的〈This Is America〉，在他蘊含象徵和隱喻的歌詞中，常想起社區街路門牆上張貼的標語：Black Lives Matter。時而竟也想及手邊寫著的論文，和小說中那黑色的翅膀覆蓋的島。

我們沿著當代藝術館臨海的一側緩緩離開，斜傾的臺階上，坐著都是等待夕陽的人。時光大把大把地揮霍。有個小女孩，在母親的面前，跳著新學的舞，一遍一遍翻著側手翻，笑著。我們沒有等到日落時分，就走進臨海盤旋的風裡。在沿途的漢堡店，簡單吃過晚餐。再沿著海港大道的陸橋，慢慢散步返回城中。

在橋上，我忍不住往海的方向再度回望。這是離開波城的最後幾天，這是我想帶妳造訪的最後一處地方。整個六月，像漫長的告別；月中，妳終於越過半個地球來到身邊，每一天，都是永恆的一天。夜空的顏色漸漸混濁了，遠遠的，窗面裡的燈光，是否會暈黃如指引的燈塔？黑暗裡的音樂仍迴轉歌唱嗎？港口是否仍靜候著前來與離去的人？在盡頭，海水能否將一切包容？

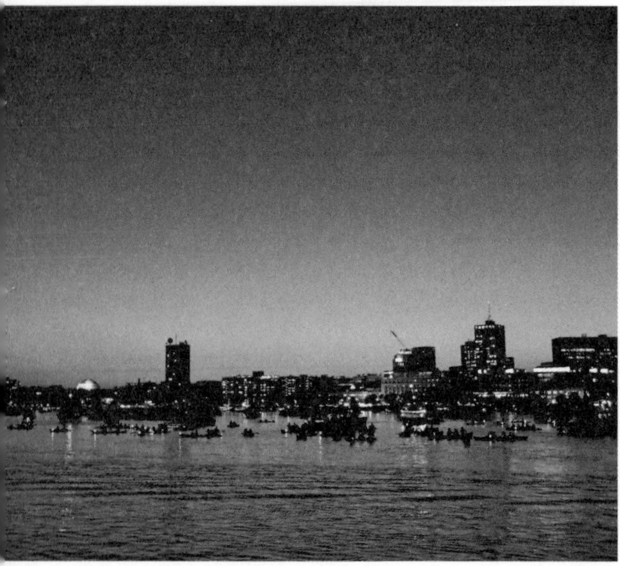

梵谷

他的臉，像日曬的黃土，焦乾的麥稈傾倒，穗子撒落腮頰，就成了雜亂的髭鬚，眉間緊蹙，雙眼深邃如憂鬱的井。他的臉，在一片塗綠的畫布裡，浮現抑或沒隱呢，荒蕪的綠，筆尖輕刮出螺旋的綠，湖光般搖晃，眼瞳的閃爍。

哈佛美術館就在我研究中心的近鄰，隔條街，總是日裡走赴超市買咖啡或往圖書館便會途經，昆西街這頭半是古典的磚紅建築，路口彎過，又是灰盒般現代的造型，有座微傾的長長走道走入陰影。秋天的紅花是靜靜落的，今天的葉子覆蓋著昨日。那秋天陽光特別好的午後，我走出屋門，第一次，來到美術館內裡。

光盈滿了中庭，許多張圓桌散置，有人低聲談話或獨自讀書，抬頭張望時，半空懸掛著一對對巨大的三角鐵雕塑，銀色的柱鐵閃爍，彷

佛響有清脆的聲音。環圍在外是展廳，從一樓沿階梯迴旋而上。

那幅梵谷題獻給高更的自畫像，就在第一層樓的一二二〇室。那是美術館令我最徘徊的房間。梵谷的臉，如此憂悒地，出現在畢卡索《母親與孩子》和《盤髮髻的女子》一片藍鬱之間。作品畫於一八八八年，梵谷搬至法國南方的亞爾。我想起那期間他所繪下的另一幅《在亞爾的臥室》，略顯變形的房間，已有了後來的暈眩，藍色斑駁的牆，占據畫布的偌大的床，兩張椅子，一對淺綠色的枕頭。

我一直記得研究所的課堂，L老師一次談到繪畫，就如同鳥掉落毛羽、蛇蛻或樹葉墜下，那是拉岡（Jacques Lacan）所說，一種脱落自身上的沉澱物。那時，L老師就曾提到《在亞爾的臥室》，那畫家反覆反覆塗畫的枕頭，像一種渴求。

我的那年的房間又透露什麼渴求？白色的牆，白色的床，白色的書桌前臨窗是白色的街道。我在牆上釘著一張查爾斯河畔的地圖。我將小塊墨綠花紋的織毯，平鋪在夜裡走起來咿呀作響的木頭地上。我有一個小小的木書架。一個過大的矮櫃，每格有磨亮環形的銅把，裡頭摺疊著T恤和冬衣，櫃上堆放食物雜物。暖氣在角落，管身蒙塵，在入冬的夜裡，噴冒著薄薄的白霧。我在我的亞爾臥室讀書、吃飯、寫作，度過秋天、度過日短夜長的冬天。每天早晨我會拉開窗簾的百葉，讓院落枝葉篩過的晨光，照亮房間。

梵谷在寫給弟弟西奧的信中說，他想嘗試一種「蒼白的委羅內塞的綠」。梵谷獻給友誼的畫，在決裂之後被高更低價售出。

那一年我追索著他的臉，卻彷彿自己。紐約現代藝術館的《星夜》。大都會美術館頭戴草帽的斑斕自畫。華盛頓國家美術館收藏了另一幅畫家手執畫筆調色盤的畫像，麥色的髭鬚和髮在藍色的海浪中浮沉。

田園。拖板車。鳶尾花。

妳說最喜歡梵谷。我想起搬離燈塔街的前幾天，特意與妳再來到美術館一二二〇室。他的臉，在蒼白而虛無的綠中浮現。初夏那天的下午，下了一陣的雨。雨安靜地落在窗外。雨落在恆常憂鬱的井。我們離去後，有隊銅管樂團踩著水窪，奏著樂，遊行在街頭。是什麼節日呢？我們循聲跟在後頭，走了一小段路。然後回到房間，那間慢慢收拾清空的純白色房間。

草地

百葉簾闔上了河對岸的餘火，遠遠的，島上林木拔高的摩天建築，在隔天清晨的眼睛裡甦醒。

房間坐落在最高層，那扇窗，像卷軸橫敞的畫，收容著遠方，穿過這座環形社區大樓的罅隙，可看見西側遠處的曼哈頓島，那些日子，時而隱沒在光霧之中，在午後積聚起的灰濁層雲，時而讓一場陣雨洗淨了，待暮色慢慢在島上降沉。

窗邊的立鏡，將眺望一時的身影歸還給自己。第一日，先將乾淨的床單鋪上，抹去室裡的塵埃，從行李箱取出瓶瓶罐罐，把桌面擱放為生活的模樣。好了，換件衣服，帶上輕便的背包，不忘雨傘、相機、水。

溽暑七月，搬進了皇后區森林小丘的租屋。這裡鄰近地鐵E和F沿線。車站附近就是一個熱鬧的小街區，成排低矮的樓房，成兩層店鋪一間間分據上下。週末的街道常搭有棚子、擺出蔬果市集，公園的晨晚聚集著人們，對弈著一場沒有盡頭的棋局。每天早晨，我們途經，買份貝果或塔可餅充作早午餐，手捧一杯熱咖啡，搭上車，便往城內直行。

紐約的日子大抵由鐵道與街路串起。地圖上錯綜著紅綠橙藍的路徑，標注的記號，像繫在密林的繩結。戀人曾在這座城市工作生活多年。久違再重回舊日，帶我按圖索驥，走過她走過的路。

第五大道下行，42街，會經過公共圖書館，樓階和石柱泛白巍峨，那對著名的石獅像終日靜默。我猶記得它冬日覆雪的模樣。圖書館鄰側，有那座我喜歡的布萊恩特公園，寬闊的草地，在陽光下如水波瀲灩，彷彿能讓人賴上整天，邊沿擺放著無數的圓桌和椅凳，有人談話，有人讀書。

那傍晚我們來看「夏日舞臺」的舞蹈節目。抵達時，草地上盡已是觀眾，在成列座椅間找到兩個空位，便坐下來等待。六七點的天空，仍如此透徹明亮。樹的後邊是商業大樓高高矗立，玻璃鏡面反照出浮動的雲，道路人車喧譁，襲來隱隱的浪。

低低的舞臺，矮草叢，與現實為界，隔著距離遠看，表演的人就像從路的那頭走近，走上臺，隨興地，跳起舞來。群舞、雙人、獨舞。戀人看得專注。有一時，我卻想起了另一片草地，Harvard Yard，和那些五顏六色的椅子。長長的日子，待在房間快悶壞的時候，我總也帶著書，到有松鼠跑過腳邊的椅上，將夕陽度過。

那幾週到哪都會經過中城的布萊恩特公園，有時列車上行、有時往下城走去。經過34街，帝國大廈、亞馬遜書店。再往下32街，韓國餐廳和亞洲人就多了起來。那晚離開公園後，有點晚了，到處擁擠著晚餐的人，我們一路步行，在韓國街的尾端，找到那間熟悉的H Mart超市。決定買些蔬菜和佐料，搭地鐵，回家下廚。

熱鍋、切菜、快炒，油香讓走一天的胃唱起了歌。將晚餐裝盤，拿到小小的圓桌上，對彼此說，開動了。室裡燈光暈黃，夜在窗外如常拉下了帷幕。換一個地方生活，也就是換一片草地走。我想起淩青曾在〈浮現的路〉寫下這樣的話。

這是剛搬到紐約的前幾個晚上。遠方的曼哈頓，在我們睡著前始終亮著。

岩畫

我在土耳其南方，往棉堡的長途公路上。窗外是一望無盡的曠野。

這兩天待在Cappadocia。這裡廣闊的山岩，在風雪和雨水漫漫長長的侵蝕下，削成猶如地表上巨大的雕塑……。

——日記．十月十六日

望眼盡是岩谷。

白色的坡面，脊骨一般宛延，及至大地的盡頭。叢叢的植株，自荒蕪的岩罅間孤寂生長而出。

離日落時分僅餘最後四五分鐘。我坐在丘頂邊緣，等待著暈紅日夕，在薄薄的雲靄上，一點一點收去了光亮。卡帕多奇亞的火山熔岩，在亙古的歲月裡，有若雨雪風蝕的浮雕。這幾天，橫越土耳其南方的長途車窗外，都是大片荒漠或岩地風景；地勢嶙峋若獸的，便有了獸的名字，有些形似蘑菇，有些遍布小小的穴窟，棲居群鴿，便以鴿子為名。

離開蘑菇岩，沿著礫石布滿的模糊路徑，逐漸離遠人群，往另一座岩丘的背脊緩行登上，來到居高處。高處在夜臨之際已了無遊人。拿出相機，朝遠處曲折的山脈和公路按下幾瞬的快門，也朝對日暮；而在最後的時刻，將相機放下在身旁。我靜靜等待著這一天，隱沒於大地和眼睛的地平線下。

起身時，才注意到遠遠的另一座丘頂，有位老先生盤坐著，也與我朝向一天消逝的方向。他頭戴球帽，鬢髮初初泛白如石灰岩色，胸前同樣繫掛相機，靜默坐看著，他在這裡多久了呢，竟若新刻的石像。

熔岩的地貌，使千百年游牧而至的人，走進岩壁的洞中，或探向地底深處，鑿築成城，穴居其中。另一天，我在歌樂美一帶，造訪崖壁間的古老洞穴。早自古羅馬時代起，人們或逃避戰亂征伐，或為安居生活，陸續流徙到此，避居進山岩之中。無數的洞裡有無數的房間、有墓地、有教堂，壁面多處留有塗繪的殘跡。

沿著石階上行至最高處，來到一座名為「Dark Church」的穴窟。狹暗的過道通向一室。待雙眼習慣了室裡的幽暗光度，微光中，竟始浮現了一片色澤飽滿斑斕的濕壁畫，布滿整個牆面，布滿著每個弧線圓滿的岩石穹頂。基督的面容，居高臨下。馬槽降生的故事，五餅二魚的神蹟，一幅一幅展露在仰首視線的上方將你籠罩。

我想起多年前曾看過一部韋納·荷索拍攝南法考掘出的肖維岩穴電影《Cave of Forgotten Dreams》。那裡留有距今三萬多年，史前最早的人類岩畫。鏡頭深入其中，紅赭或炭黑的線條顏跡，浮現出了奔馬的足蹄、群牛的犄角、遠古的人的掌印。那裡曾經有光照進，而後地貌變易，終將沉睡於恆常的黑暗之中。

我在這些山岩和穴窟間久久徘徊駐足，不捨離去，總想像著千年來陸續而至的人類，如何在其中隱匿、起居，因某種巨大的自然力量折服下，謙遜地，做出最初的祈禱，一點一滴，於時間中塗繪下他們存在的痕跡，成為最早的藝術。

轉身沿來時的坡路緩行之時，老人猶在原處，望向一片僅存無盡石岩的荒蕪大地。有光曾經落下的那裡，雲靄輕輕地，抹去了日夕。如果我不曾寫下此時這樣一個時刻，風拂過，是否終只剩塵沙？而是誰曾這樣對我們說過：「人將被抹去，如同大海邊沙地上的一張臉。」

標本

"It was the happiest moment of my life, thought I didn't know it."

——日記．十月二十一日

那只耳墜，標本一般，釘懸在玻璃框盒之中，微微的聚光下，閃爍著一對展開的鱗翅。

鄰隔的櫃盒內陳列著一只提包，香檳色的布面，滿布著細緻的紋理。一櫃麥哈麥特大樓所藏的諸多物件，時鐘、老照片、玩具車，像什麼遺址的殘磚碎瓦，成為那曾屹立的城邦、曾經生活其中戀愛其中的人們，確乎存於歷史的證據。

一個男人，對少女芙頌，一往情迷的微薄見證。

旅行伊斯坦堡最後一天了。自面向博斯普魯斯海峽的多爾瑪巴切宮離去，我沿海濱往南走，再搭一程輕軌，抵達城區的中段。這一帶地勢，漸成坡度甚大的街路，有長長的石階宛延彷若無盡，旁側屋房斜傾地蓋起。

那所博物館，就在折進了某條小巷後，才得尋見其安靜的標誌。說是博物館，但它磚紅粗礪的牆面，就像這裡所有的民宅公寓。後來我才知道，這幢古宅建於十九世紀，擁有者奧罕·帕慕克在上世紀九〇年代買下，並逐步建造為此刻的樣貌。

帕慕克是土耳其最重要的小說家之一，作品反覆書寫其出生的城市伊斯坦堡。《純真博物館》既是他完成於二〇〇八年的小說，也是這幢博物館的名字。帕慕克說，他是同時構思創作一部小說，和一間博物館的。

我拿出我的書，最後一個章節，描繪了那間曾僅存於虛構的建築，翻至第四六七頁，字行間，印有一張門票。隔著小窗，遞交給磚紅屋裡的售票員，他在書頁上蓋下了戳印。

《純真博物館》描述了一段癡迷之愛，主角凱末爾在少女芙頌決然告別後，開始收藏所有相關於她的物事。那只蝴蝶的耳墜，是與芙頌初次幽會後遺留在枕被夾縫的銘記。那只香檳色的提包，曾經陳列在芙頌打工的服飾店櫥窗，那亦是他們重逢的地方。麥哈麥特大樓裡藏有他們所度過「一生中最幸福的時刻」，也有往後凱末爾每一等待其中的絕望日暮。

走上老房子的二樓、三樓，木質的櫥框內，小說曾描述的所有微小物件，盡皆陳列其中，竟都有了真實的對照。帕慕克在耳機裡的講解，像另一種故事。他在寫下這一段純真之愛時，其實更為收藏住堆砌起伊斯坦堡二十世紀七〇年代的物像世界，流行的汽水瓶罐、電影海報、打卡鐘、飾物、髮夾……。

凱末爾在芙頌不告而別後，曾迷惑地在地圖劃下回憶的禁區，標上紅色的街路，絕不能走進，標注橙色的只能快速通行。他形容不管到伊斯坦堡的哪裡，都會看見芙頌幽靈般的影子。我在標號第三十一和第三十二章節的木櫃裡，看見那兩張傷心的城市地圖。

最上一層終也來到芙頌的房間，再沒有芙頌的房間，卻唯有床鋪靜物的永恆沉默。

徘徊在時間的證物，直至午後。離開老宅前，我轉身又回望了一眼那牆面畫框玻璃內的細小物影。那裡釘懸收藏了整面四千兩百一十三支芙頌棄擲的菸頭，旁側並仔細注記了時間、地點或備忘的記事。看著千支菸頭，像群蝶斂翅。而後我推開門走出。

走進午後的伊斯坦堡，雨綿綿細細的落下。走在凱末爾的地圖街路，我回想著這幾天造訪的希拉波利斯古劇場遺址、艾菲索斯西元一百多年的圖書館殘垣、聖索菲亞大教堂上殘存的鑲金壁畫，而此刻再重新看向這一座城市，一時竟也像一個巨大的博物館。而行走在其中的我，終將是歲月微不足道的標本。

原地

這幾天，讀完一部名為《生於１９８４》的小說。故事回訴了小說家出生的那年。那一年，中國開放沿海十四個港口城市。生活像禁錮多時初露間隙，到處是掙未來的可能。

主角的父親青年時下鄉，回到城市後任職於工廠。規律、安穩，卻也一成不變，此一時刻，當壓抑不住某種對生活惚恍匱缺的心情，他做下一個選擇，連帶改變了另個選擇，命運終帶著父親投向漫長一生的出走，浪跡歐洲、美國，最後落腳尼泊爾。小說另一條支線，並行敘述了主角畢業後捲入現實的茫然，與對存在的深深疑惑，她尋索著父親的行跡，磕絆找著自己的。

《一九八四》是喬治·歐威爾經典的反烏托邦小說。小說家郝景芳在自序裡表達她援引書名，寫作起始的疑問：「與文學史上的一九八四年相比，真實世界的一九八四年——這個我出生的年分——是什麼樣子的？」

夏末轉秋，我返回闊別一年的臺北。還未得及感受久別的街路。旋即投入一本新書的編輯工作。書訂名為《百年降生》，結集了多位朋友合寫的專欄。過去兩年的寫作時間，逐篇走過島嶼上個世紀一百年的故事。

我生於一九八三。如若翻查年表，一九八三，《文訊》雜誌創刊、田雅各寫下小說〈拓拔斯．塔瑪匹瑪〉、《小畢的故事》上映、獲金馬獎劇情片獎、新浪潮如荼盛放、歲末臺北市立美術館開館。當時準備寫作前，在資料搜索間，我另讀到一則簡短的條目：「十月，雲門創團十週年特別節目『紅樓夢』……」

二十年歲的前半，因求學，我曾在嘉南平原上度過四個秋冬。每每騎車從民雄來往市區，大路邊，途經廣袤的田野之間，起建著一幢巍峨的朱紅色建築，古典閩式風格，有迴廊、有盛綻的蓮池。那是嘉義縣表演藝術中心。開幕那晚，我穿行幽暗光照的池邊，走進劇院，看開館首演的《紅樓夢》。

回想起來，那約莫是我最初所看的雲門舞作。八〇初啟，在政治上、社會上，合該是狂飆、激情的時代。林懷民卻創作了《紅樓夢》，以舞臺上歲時四季的形式，講述一則「落了片白茫茫大地真乾淨」的故事，紛繁絢爛最終，純白大幕捲起彷如浪湧，復歸寂靜，只剩其中剃度的一人，餘外盡歸虛無。

我後來寫成〈紅樓夢〉一文，記下我生於的一九八三。《紅樓夢》彷如年代的預言。當雲門舞集至八〇尾聲宣告暫停，林懷民回想時，也曾感嘆，那段期間，臺灣變了模樣。

伊斯坦堡回到臺北的隔天早晨，我前往淡水，訪問林老師。在他劇場側邊像過道般狹仄的書房裡，就著桌邊，聽他談起八〇年代另一齣舞作《春之祭禮．台北一九八四》。老師的書房擺滿書，言談間，我的目光留意到櫃架上擺放了一套陳映真小說全集。

二十多歲時看雲門《紅樓夢》、看《陳映真．風景》，懵懵懂懂，帶我走向了文學和藝術。一開始，專注沉浸在內向的存在主義作品，我想釐清、想答覆自己生命的意義。再過多年後，才開始轉身回看我既熟悉又陌生的島嶼歷史。那天午後自劇場離去，沿淡水河長長的堤岸木棧道步行，細雨微微，落在身上。

河對岸的觀音山，於是沒隱於層層雲靄薄霧之中。離開一條街，走到另一條街。我們終將回到原地。因為渴望知道。所生長的島嶼，過去是什麼樣子？未來是什麼樣子？我補課一般，努力讀著，繼續寫著。

還願

蹙緊的眉，終在話語間歇時平撫，合掌的手，重新牽起了我的。幾炷線香猶在桌案上續續寫著潦草的字，神明在高處，墨黑的臉，沒入了淡薄的煙嵐。即便是日裡，除廊前溝渠底細細的水音，一切都是靜默的。這座小小的土地公廟，守著一條僻靜的長巷，矮公寓、小吃攤、轉角途經的雜貨店，沿廊簷懸掛的紅燈籠與四時氤氳的焰光，再穿過防火巷，很近，就走回她延壽街的家。

有時我會佇候在那株路樹削瘦的枝影下，讓她獨自走進小廟，走向諸神之前，閉目、垂首，專心一志地願望著。有時我站在她身旁，隨之合起雙掌，等待闔上的雙眼重又睜開，再一起回過身，朝對廊前的爐火和巷路的天空躬身。

她像孩子一樣地相信願望。相信機遇和巧合。蛋糕上的燭火。恆守指尖不能指向月亮的叮嚀。期待節日，耶誕老人會在眠夢的枕邊襪子底留下禮物。相識之初，隨她自圓環前的公車站牌，走進鋪滿反光閃爍的磚石路，穿行入夜後幽暗的老社區，低矮的窗口俯視，像貓的眼睛，看著我們第一次經過這裡，聽見她說，等我一會兒。

每一次駐留，在考試前夕，換了新工作，在親人病痛時，在一年將盡，直到她搬離這個自小生活成長的舊日社區。

後方傳來問句，你要騎到哪裡？摩托車徑直往相反的路駛去。駛進歲末臺北連日的陰翳，微微的雨吻上臉頰。好久沒有繞進迂迴的巷弄。暈紅的燈籠仍在午後靜靜懸掛，像守候什麼的記號。我說，等我一下。

城市在這樣的午後片刻閉上眼，溝渠的聲音，被匯流的雨水調大了些。即便默許的自始是同樣的心願。等待一張臉的揚起，等待久別的手返還手裡。

絲線

牆圍的門，徒留下舊木斑朽的框。院落裡經年累疊的棄物，覆蓋了舊日生活的氣息。帶著她，沿屋前那條仄狹的長巷，走到盡處的小祠再往回，小祠就挨身於成排樓厝最底，爐間燻煙，在臨晚繚繞細細。駐足一時，我手指著暗裡某塊地磚，磚石微光的表面，鑲刻著這的舊名：小西。

這裡在建城之西，曾經家屋綿延，門對門，窗挨著窗，迂迴的巷徑，將家族人事絲線般織起。這裡鄰近著鐵道，曾因紡織布衣的集散繁盛一時，縫紉機具車縫著日夜，棉絮飄散在長長的巷內。巷子口，多年置有一具青銅色的泵浦仔，讓鄰里汲水，讓小孩嘩啦踢踏冰涼的水花。那時，阿嬤的舊厝仍藏其深處，房間外的樓臺，凝望一片小小的院落。

在嘉義念書那幾年，我常週末乘慢車晃搖來找阿嬤。那時阿嬤家已搬到巷外不遠的陳陵路上。日裡，我依然兜轉於巷弄之間，自小吃店帶份碗粿筍湯，買杯珍珠奶茶，或到唱片行試聽專輯，騎樓花車翻揀折扣的老電影DVD。晚餐，阿嬤總帶我到鄰隔的日本料理店，熟識的老闆問起，便聽見她說，「這阮孫仔，佇大學讀冊。」

陳陵路轉進城中街，就看見那暗澹的早夜兀自明亮的窗。許久沒回來的幾年，舊樓開了一間小書店，名為紅絲線。週末晚上，來到書店參加一場安靜的分享會。離去時，將近十點的街道全熄了燈。我們在轉角唯剩的小攤吃點宵夜，再到車站等候下班車。

等待那些週日晚返回學校的晚班列車，總在途經某小站月臺停駛會車，令門久久敞開。外邊即田埂，微風隱隱有農作氣息。有時熾白的燈會引起一陣群蛾闖進，迴旋飛舞。那時許多事都還未拆散遠離。我望著，想著回宿舍後要撥電話和阿嬤描述。

舟尖像喙，輕啄著土泥的岸，水面被劃開了鋸齒狀的漣漪。女孩陷在舟裡顯得形影更小，稚拙的聲音，反覆喚向岸邊的媽媽，邊扶槳、另手邊揮動著：「媽媽，妳看我。」

夏天向晚陽光還燦燦的，籠罩這一片廣闊的湖，篩過枝葉，成為金色的霧。我們坐在蔭影下的長椅，無有目的，唯等待天色轉暗。女孩的小船終於跟著兄長的划遠，在湖面橫移，像相互追逐的水禽。

岸徑伸延的盡頭，則有那座白色的涼亭，迴盪亭中的音樂，歇止片刻、恢復快板的節奏，整個下午兩個美國少年各執吉他和鼓槌，重複彈奏同幾個小節，途經的人有些走近，在臨時的舞臺前便隨之搖擺。

沿湖邊的礫石路，將傍晚走遠走長，行過泊停的小舟、行過林徑，我隨手撿拾起一顆顆磨圓的石子，握在掌心，來到近水的沙地，側傾著身，朝湖擲去，小石頭在旋轉中，彈跳起水面上一個兩個、三個四個的弧。身邊的人驚呼一聲，而後也學我玩這孩時的遊戲。

那天，新澤西州的森林公園，來了帳篷搭建的夏日樂園，鐵道和木馬，在廣場空地繞旋著孩子的喧譁，那天，駛離了一艘女孩划行的小船，遼闊的湖面收回幾顆億年才沖上沙岸的磨圓石頭，來了我們，又送走我們。

離行的車駛向漸暗的暮色。突地減速、路中暫停。看。透過車窗望去，正有大批鹿群，自林間奔蹄而出，幾頭趨近道路與你對視而又遠離。我想起冬天在布瑞托戲院獨自看伊朗導演阿巴斯的遺作《24 Frames》，那隻孤獨的鹿，終也奔隱至白雪覆蓋的密林。下一格。獵槍轟鳴。群鴉撲拍著漆黑的翅羽。「我察覺人未能細看眼前景物，除非它存在框架內。」阿巴斯如此寫下。

走在失去群鹿的城市裡，偶爾會想起那樣的黃昏。記憶是我的景框。那時在眼前的景物，此刻才走進雙眼之中。

對倒

花窗般的光色，組成了一扇一扇紋路繁複的門，從路的這頭向遠望，交疊像長長的拱廊。

黃昏的時候，已有許多人來到路口，想捕捉拱廊道亮起的一刻，輝映夾道扶疏的枝葉，琉璃的七彩，將倒影著公園的池面，當行走其間，像一幢古堡就等待在甬道深邃的盡處。

一年中總有某些時刻，臺北會暫時逸離了它的俗常，道路淨空，留給嘉年華的人們。我和政恆自閱樂書店離開後，穿行國父紀念館遼闊的廣場，廊下低懸的暈紅燈籠，遠遠的，還留有年節靜謐古典的味道。走入仁愛路簇擁的人群，每張仰望的臉，都承接霓光的燦爛。

朋友停留幾日又將回香港。我們認識這十年間，碰面的次數屈指可數，上回是在理工大學的戶外咖啡座，再上回則在板橋某間日式料理店吧。

朋友的老師也斯教授是父親的至交。研究所那年，我隨同父親至嶺南大學發表論文。適逢歲末，會議後，初識的政恆，貼心地帶我一起過香港的耶誕。維多利亞港。重慶大樓。彌頓道。油麻地。旺角。那晚的香港人都在路上。我們沿途晃遊至半島緣北，尋址來到一簇舊式唐樓上的某戶屋裡。不很大的房裡已穿梭有男女十數餘人，這是詩人某、那是導演某，歡迎啊，他是寫小說的、另一位是攝影師。

客廳的中央擺放著一張乒乓桌，甫打過招呼的藝術家邀我來玩一局，時而有新的人敲門入內，粵語此起彼落地問候著，幾人在陽臺捲菸、喝酒。過會兒，角落的音箱，緩緩傳出鼓點和撥弦。我循聲看到朋友斜背電吉他，彈起了搖滾樂的旋律。後來，我曾在《體育時期》裡讀到恍如那一晚的聚會，那樣一間流瀉著交談和音樂的房間。

問政恆，還記不記得十年前那耶誕派對上，彈的吉他？我們且聊著後來的生活，未曾留意便已穿過拱廊的光下。政恆說，平日下了班，總有兩三晚在電影院度過，我說我也是呢。

有時，我會想起那年相偕走過的拱廊街，想起從室內回到燦燦的街道，曾有一時，我以為已經天亮。曾經相遇的人，此刻不知都到哪了？那明亮的路，有抵達它理想榮光的地方嗎？

紙條

褐黃的埂徑，像織在廣袤田野上的紋理。綠草的浪湧，直退向極遠的天空。天際是一張茫然空無的臉。濛濛的光霧裡，隱隱有橫列的電塔，線條剛硬凜冽，矗立像邊境的哨兵。

遠離平原，我才想起這路程竟未拍下任何照片，南方的景致在列車窗外即逝，匆匆留存一幅畫面，旋駛入苗竹山間的隧道群，此時我又重讀了一遍手上的紙條：「給老師，……」

教室於結束一日的鐘響後，還兀自亮著它熾白的光。在學生餐廳簡單吃過，走過六點多趨濁的黃昏，回到那位處二樓邊沿的空闊教室。這星期我來到旗山近鄰一所大學的文學系，進行系列講座，兩天半時間，密集排有八場講題。抵達第一晚，沿著行道，緩緩繞行這僻靜恍似我曾讀的嘉南校園，夜間唯有的聚光，落在排球場上，擊球與呼喊在靜夜格外迴響。餘外已沒什麼人。一幢宿舍大樓敞亮每個房間的眼睛。我在僅有的超商買些吃的，遺漏的牙膏、毛巾、沐浴乳，返回住宿。

樓面長長的廊道陷入塗深的暗中。回到房裡，讓落地窗的帘帷敞開，窗外雲霧沉厚，有蟲唧鳴細細，就著一盞燈，準備接下兩天的課。

日間，學生一班前來、換一班離開，在講臺上，我看著聆聽文學或寫作為何的同學們，某些閃亮的目光或也曾經是自己的；喜歡寫詩的女孩，那說在讀尼采的男生，校園報的編輯。晚上，來的同學少，可以幾個人圍在長長的桌邊，談深深的事。

聯繫的友人是舊識，多年前曾一起採訪寫稿，機遇巧合在此重遇。最後一堂課後，她陪我收拾、走往站牌，趕搭下班巴士。臨走時，幾天裡已面容熟悉的一個女孩，從長廊那頭叫住我，遞給我一張紙頁折成的信。

離去的車宛延穿行在山徑，後兩天，南方豔日晴朗，山色想必是青蔥燦亮的。但讀信的我，始終忘了回望。

草湖

沿木階走到了堤上，湖就近在腳邊。湖水憩止若睡，下午四點的陽光籠罩，像金黃色的霧，望眼霧中僅只有我們。

只有安靜的木欄圍，只有岸與岸間長長的白橋，有山勢低緩的環抱，以林樹的蓊鬱，有些塗深的墨料滴落至及水的堰地，長出大片新草，彷彿綠色的湖。

這裡緊鄰著溪徑，因地處低地而蓄水；卻也曾乾涸，成為野草經年占領的棲地。我記得多年前騎車造訪時，但見青綠的稜脊綿延、凹陷、起伏，沿途總也尋不到湖水，才恍然想起名字的由來。日郡教書的學校在附近，我來他的班上講完課後，他問要不要開車繞到草湖走走？

「好多年沒來這了。」「以前整片的青蕪又返還給湖水。」日郡和我都曾在小城短暫地住過一年，他住在靠火車站的南邊，我在過了國道的東側，生活的範圍不同，常吃的店鋪、走的街路多也不同；然而一日中無時無刻突起的風，晃搖著車行，倒令我們印象甚深。那年，我舊公寓後的小巷往裡折進，約莫步行十餘分鐘，也有一條林徑、連通另一片小湖。學生時的日常單純，每天就是讀書、寫作，傍晚到湖邊慢跑，直到暮色昏暗，在湖畔那間發光的超商買瓶礦泉水稍坐，再散步回家。

下午臨時餘出的片刻，我們占領了景色，聊著各自在此度過的日子，往後的日子。上回碰面我還在編輯臺工作，製作島嶼山海的專題時，找日郡帶我們沿草嶺古道登行。清晨出發，登向山頂已過日午，盛夏的午後，落下一陣悶熱的雨；等雲雨散去，遠遠的龜山島，就浮現在海的中央。我一直記得雨後山徑潮濕的味道，記得日郡覷眼在觀景窗後專注凝看蝴蝶的模樣。記得我們走進小鎮雜貨店遇見的婆婆。記得回程的火車，與沿途灑落的芒花。

後來我離開工作，搬到那條查爾斯河流經的城市，看著它沐浴在金色的陽光之下，看著它結成冰面，覆上了白雪。他畢了業，繼續沿水行走，一年後，寫成那部我私心喜愛的水氣氤蘊的詩集。「走吧。秋天來雲林的家裡，帶你走另一段路。」分別前，我們先約定好了。

楓香

落地的窗，像一個透明的容器，裝著室外的物景。空巷、舊公寓、眼瞳對視的窗臺，樓高的枝葉茂密，將午後的陽光，畫成桌面上抽象的線條。

同樣的杯水，和店員點同樣的手沖咖啡，待放涼才想起地啜飲一口。男孩就著桌，專注聽我牙牙詞語間的意思，他高高紮起的長髮晃搖似疑惑，一垂一點時像終於理解。我，過去，工作，為了，一份報紙，作編輯，有五年。我，那一年，搬到波士頓，造訪了，若干城市。我，希望，成為一位老師，有很多學生。我，喜歡法國電影，新浪潮，那是為什麼，我學法文。

唇齒在這字上咬緊，共鳴在前、或在喉間，字詞間加上連音，像唱歌一樣，男孩鼓脹著雙頰，慢動作般，重述、示範我剛講出的句子。

這間咖啡館深藏在溫州街盡頭一幢老公寓的樓上。任職雜誌社那年，每月都有四五個訪談工作，我常和作者約在鄰近學校、這巷弄間的咖啡廳。記得初次循地址走至巷路之底，在那株蔭影的樹下找到店的門牌，穿過仄暗的側門，乘老電梯上到三樓。彷彿沿樹洞攀上樹冠層，浮現眼前的一室，乍然明亮。大張木桌子、黃暈的燈泡低懸、高腳椅、臨窗對向蓊鬱的枝葉，約好的作家已在其中一個位置上寫稿，角落的電視播著無聲的足球賽。

整個四月，法文系男孩陪著我在這間咖啡館練習法語對話。你好嗎？我最喜歡的導演，他的名字叫尚盧．高達。黃昏店關門時離去，相偕走一條長長喧騰起的街路，閒聊生活，他點起菸，那時也許他想起雙叟、也許想起蒙馬特曲折的巷道。

那天我抵達公寓樓下稍早，一直好奇窗前那株樹的學名，湊近看見小小的掛牌上，標記著「楓香」。我輕輕默唸著那發音，楓香楓香，忽然一時，發覺它的名字，就是法文（français）。此後當有人再問起，我會說：我，喜歡法語，因為，楓香。

知人

鋪開的地墊，在扇形的廣場上，像個小小的島。擱於島上的物事，在曝照的日陽下，閃閃發光。

那是從橋的那頭走來，從學院、從鐘樓、或步往階下湖岸的交會處。日裡學生們往來，趕課、吃飯、走返宿舍。社團的篷帳有時就立在沿途。當我經過時，守在攤位旁的同學，從陳列墊上的唱片間，遞來一張給我。

大學後我加入電影社。但如校內幾個文藝性社團的成員，時常參加彼此的活動。我記得在社科院一處階梯下，看戲劇社搬演的伊歐涅斯科《課堂驚魂》，懸掛的帷幕，鑿開幾個窗洞，洞裡人影詭譎浮晃。我們在閒置的穿廊藉斑駁牆面放映電影，《瑪歌皇后》、《麵包與玫瑰》、《魔法師的寶典》。有些人遇多也就彷彿認識。應是熱音社的社員，指指我手上的專輯說：「一個新團，聽聽看。」

唱片在唱片機裡空懸，幾秒的靜寂，鈸音輕盈亮起、琴音輕快的旋律流瀉，鼓點、貝斯，幾個小節後，女聲vocal哼起第一句歌詞：「意義是流動的線……」

那幾年我住在校門面向的一片遼闊草原後方，一幢獨立田野中的小屋頂樓，敞開窗，能望向鐘塔，望向極遠的平原日暮。我總是像這樣待在房間裡看電影、放音樂。那是二〇〇三年，那樂團名為Tizzy Bac，更早前我曾在一張合輯《崩代紀事》中聽過他們的單曲〈Slow Ride〉，很喜歡，卻沒記得那有點古怪的團名。那天我坐在窗前，忘了重播這張《什麼事都叫我分心》幾遍。

後來，我曾在駛向府城的火車上，與友人挨擠在車廂角落，一人一邊耳機，聽著剛到手的《夏季熱》。曾在生活陷於無底的寂寞裡，一遍一遍聽著「快樂有雙翅膀／可總是飛錯方向」。無數次現場。也曾和弟弟在書店的屋頂音樂節，跟著歌大跳，揮手像能摸到低低的雲⋯⋯。

回到臺北的秋天，等到闊別多年的新專輯，來到現場聽《知人》的發表會。半年後另一個週末夜晚，自華山《知人》最後一場巡迴離去。

騎著車穿過城市，又想起那間房間。唱片空懸的靜默片刻，我並無預期下一秒將聽到什麼樣的音樂，也不知道接下聽到的每一首歌，將陪伴我度過漫漫的二十年。

拉岡

大路邊沿的路樹像裝飾般，椏杈孱細，日陽下，似未投有任何影子。五月，島嶼中部的陽光已近大暑，熱辣辣地，直曝他略微黝黑的皮膚。啟動引擎、轉涼空調，待我坐進了車內，他卻又走回路口稀薄的蔭影。在曝亮中，點燃手心小小的光暈。亮起那我從學生時期即熟悉的臉色，眉頭蹙緊，空望喧騰的世界。

回想起來，那是他在校的最後一段日子。自晦暗的長廊穿出，來到人社院門外小小的臺階，在短促十分鐘內，換著長長的氣，對看時，苦笑地交換課堂上某個難解的概念，或什麼也沒說。湖水在旁側不遠處，靜靜流淌著午後的粼光。那堂課是法國精神分析思想家「拉岡專題」，上學期我選修同位L教授的課，還未開學便一直說服他一起來接續旁聽。

我們初識在研究所的迎新餐敘，十餘人，恰好坐在旁邊。忘了當時究竟怎麼聊起，也忘了為何聊到七等生、又後來談及《蒙馬特遺書》，說到文字和死亡，聲音隱抑裡都是顫抖。結果餐點都沒吃太多。他寫詩、攝影、耽讀哲學書。其後幾年我們常聚在一塊兒，一夥朋友在我租住的套房裡看電影，討論文學、思慮生之慾。

印象裡那堂課似末尾聲，他便決定休學，他一直想開一間自己的餐廳。我說你那本《拉康選集》就先借我，「留在你那吧，我大概用不到了。」

這週五，我在東海的活動結束，才出教室，遠遠就看到他在旁等我。離開林樹盛綻的校園，我們像學生時代那樣揮霍在咖啡館，喝很甜的咖啡，更新近況，話語裡卻也多了憂煩的俗常，「快四十了啊。」突然冒出這樣一句。

離開前，透過車窗望著佇在路口的他。他趁餐館休業的幾個月，回家幫忙工事，炭黑一層，像以前每回溪釣回來。而靈魂更瘦削了。我想起那些課間短暫的空檔，討論著拉岡論主體構造時比喻的莫比烏斯環。那時不懂得，分別後的日子，我們也將是行走其上的螞蟻，路似無限。我的背面，是他的表面。

水門

堤堰橫陳間，洞開了一處若門，穿行過去，整座城市就被忘在牆外。

踩上草地，可以直走近黑默默的河邊，夜行的貨車眨著睏倦的眼睛，越過遠方的高架橋，這晚圓月，銀白色的光暈在夜空，像畫家旋轉的顏料。

自排練場離去後，妳說還不想回家。摩托車載著兩個人，在社區深夜的街路繞行，繞著就騎到河濱。基隆河由東向西橫亙，流淌至此，盤桓成一道折曲的彎，勾勒出的陸地長有大片矮草。多年前的冬天我們初次找到這裡，為了替妳拍攝夕陽下跳舞的鏡頭。那天日光燦白，氣溫卻極低地，灰濁的城市前，黑洋裝的裙裾像蝶翅迴旋草間，我透過觀景窗跟隨妳，一喊卡，趕緊遞過防寒的厚大衣。

我喜歡那支短片後來被妳命名作《四十四次日落》。小王子在他小小的星球上，木頭椅向後挪動一點，便能重新目睹日暮，悲傷的人，喜歡凝看落日，小王子說，有一天，他看了四十四次。

傷心疲倦的時候，我喜歡回來河邊。手指往上游，高架橋駛往的遠處會抵達南港、再溯回將會到汐止。曾經上班五年多的報社，就位在那道路其中一個岐出的出口。從前，當深夜的公車宛延行過河面的粼光上，一天就宣告結束了。

劍橋也有我生活一年的查爾斯河。去年七月，離別前最後一個黃昏，我們沿著麻薩諸塞大道走過哈佛校園、走過教堂邊的墓園、地鐵廣場的人群，散步來到綿長的河堤。夏令時間，日暮極緩、極長，一座座古老的橋身，覆蓋著金色的光芒。沒什麼事的我們，一直待到天完全暗了下來，再牽著手，慢慢走返回家。騎車離開水門的時候，妳說妳想起那天河的顏色，我沒有說，但我其實也是。

髮圈

腕上還留有淺淺的繫痕，脫下的髮圈蜷縮一團如蟬蛻。

曾經紮起的髮散落在地，刀尖慢慢理出了臉的廓形，鏡中的人，像倒帶一般退回離去前的模樣，彷彿什麼事都沒有發生。

而臉上髮上，終究顯露出細緻的變化，幾道多的紋理、開始轉白的顏色。一個鐘頭後，剪盡兩年的時光。

髮尾漸長後，第一次學著自己綁頭髮，一手撐開繩圈，束緊了，套過一圈又再一圈。我習慣將讀書時懸垂的瀏海，紮成孩子式的沖天炮，頸後的髮鬚，也乾淨束起。桌上留有情人為我準備的髮圈，細的可纏緊些、粗的不那麼刮髮，各式小黑夾、髮箍、運動頭帶，擱放在房間的四處。有時披散放下，繩圈就隨手繫在腕上。

出國那年原也沒刻意蓄留。一來省事，出門總戴帽子，更主要原因是社區街邊旋轉著彩虹燈柱的理髮店，多看似拉美裔的店老闆，裡頭的客人，坐在家庭式座椅上，三兩下讓師傅推刀削光兩側的鬢髮，頂上叢髮一式，塗上亮澤的髮油；少有的亞洲髮廊又多是香港人開的。幾番猶豫，怕剪後樣子不習慣，便一直任由它長著。

等到寒假在紐約見到媽媽，毛帽下的髮長已蓋過脖頸，大概平日吃得簡單，人也削瘦。在她的眼裡，彷彿改變了許多。

那段時間走在路上，常注意起長髮的男生，馬尾一束、編織繁複辮子頭的、紮成腦後一球或隨意披散著。每次出門前，情人總替不太會整理的我，仔細地盤起頭髮，以黑夾收淨毛躁的側邊。

臺北的長夏鬱熱。那天出門綁髮時，情人在我髮隙間找到一根白髮，拔掉後隔幾天卻又長出。傳了訊息給髮型師。而此刻那些脫下的髮圈，突然就成了蟬蛻般的餘物。

雪邊

迴形的管路，有時，在午夜的房間裡帶來大霧，氣孔陣陣的鳴音，如遙遠的列車。牆角披掛的衣褲烘暖了內裡，又覆上薄薄一層濕氣，木質的地板像柴薪，溫溫燒著。

回暖的掌心總先知道，那是一天最冷、最晚的時刻。

那年在薩默維爾，我租住的房間窗口鄰對著隔幢另一扇窗，房屋間僅隔了一條淺淺的草徑。欄柵上繫鎖著一架鏽灰的單車，卻不曾見人牽離。傍晚的陽光，會從右方後院的偌高枝葉間，落進桌前。有時我繼續讀書，有時我會出門走一段路，到波特廣場、到那間敞亮的社區書店，或到戲院、趕晚間第一場放映。

入冬後日照顯明地減短，往往五點不到，道路已陷至闃暗。牆角那具極舊的暖氣開始低鳴時，約莫也是開始下雪的日子。

我記得那些驟然降至的風雪敲擊著窗玻璃，漸次將沿街車輛隱沒，漸次封阻吞沒道路。我記得歇止後的清晨，窗外僅剩白茫，世界呈現它前所未有的寧靜。除了待在房間，我身裹大外套，依然步行至廣場或戲院，我喜歡敲落結在鐵道圍柵上的厚雪，聆聽落雪，在枕木破碎，在街路留下自己長長的鞋印。

《江邊旅館》裡的老詩人惚恍醒來，窗外的江岸竟成一片廣袤的白雪。而彼處的女子說，這場雪好像是為她而落下的。盛夏的臺北，連續兩個日午，我鑽進小小的放映廳看洪常秀的新作。另一部是《草葉集》。又見熟悉極的黑白世界、憂悒的女子金珉禧，與咖啡館裡無盡的話語。那些推移變焦的鏡頭像導演窺伺的眼睛。洪常秀總在日常裡，刀尖割劃出悲傷的廓形。

那年長冬最冷冽的幾個晚上，我獨自在哈佛的電影院看了「洪常秀的道德故事」（The Moral Tales of Hong Sangsoo）影展，《之後》、《這時對，那時錯》、《克萊兒的相機》等，女主角都是金珉禧。最後一天放映的是《獨自在夜晚的海邊》。我看著女演員的遠行，直到末了她一個人躺臥海濱，舒伯特的慢板弦樂響起，潮水一次又一次返還沙上。散場後走返的路很長。我回想著洪常秀寫的對白。那年的雪好像是為我而落下的，遠地的凜冽，好像是為我一人灼燒。

花葉焦褐，蓮梗仍挺立，豔日下的潭面沉著幾朵大塊的雲。

水中矗立的塔，塗上了釉彩綺麗的色澤。走進龍虎像齜張的口中，走過廊道牆身浮雕莊嚴的交趾陶，沿旋梯，登上樓閣的高處。午時的潭水廣袤而寧靜，折曲於潭上的橋面靜靜的，岸緣那座宏偉宮廟的飛簷靜靜的，那時的少年，身影瘦削而剛硬，踏著一架鏽舊的單車，劃過潭水延長的弧，也靜靜的。

那條路伸延會經過分隔鳳山縣舊城的牆垣，轉進筆直的大道，沿途有若干個崗哨，蒺藜阻隔，哨前裝飾著巨大的海錨。那一年，我總是如此自其中一個哨口回到營區，換回藍工服、戴上水兵帽。

暑熱欲雨的那幾日，我為看一齣舞作，闊別許多年後，終又回到左營。劇場在那所鄰近營區的高中裡。我就近住在路底的民宿，那幢矮房子，是毗鄰屋房的一戶，小小的牆圍、新漆的紅鐵門鎖著各自小小的院落。這裡是昔日的眷村改建，住進那天，沿門前的樹蔭行道，不多時，竟回到中海路的哨口。

走返昔日賣軍用品和雜貨的商店，走返昔日外出消磨時間的文具行，走過四海圓環和臺灣豫劇團、曾經的飛馬豫劇隊。我想起那一年詩人汪啟疆老師曾帶我吃過的老麵館，不知是大路上的哪家？那幾天，又或換乘公車，來到南邊的蓮池潭。

那天是隊友小安的生日，我們幾個人在大路上繞轉，想訂蛋糕帶回隊上，行經舊城垣，就聞到甫出爐的泡芙香。在轉角那家麵包店裡，選到一個最大的。回程時沿潭水緩緩地騎行，橙紫色的薄暮像水面漫長的漣漪，昏暗中，那對龍虎的塔身帶著迷惑的光。

那晚我在左營高中劇場看了那支舞名為《樂園》，末了舞者們奔馳環繞，像遊戲般笑倒。那晚我騎著腳踏車初次繞過潭水，返回軍營的路上，把手懸掛的糕點不斷晃動，迎來的風裡，總有蓮池的暗香。

鏡像

映像管投射的訊號，在屏幕的弧面上成像，斑駁的光點間，浮現一張臉。

暗房內，男子憂悒俊美的臉，倒映至落地鏡裡，彷若神話的納西瑟斯，畫外聲音指示著：「親吻他，好像你吻的是我。」

堆砌在地的錄影帶盒身像一個個小小的塚，盒蓋的標籤紙上，印寫著當年我全然陌生的導演和片名。相熟識的電影社學姊踞於其中，按字母或國別，正分類教室遍地逾百部的收藏，邊擦拭紙盒蒙塵，盤點，再逐一放回巨大的玻璃鐵櫃。

她抬頭招呼初踏進社辦的學弟。我隨口詢問，能不能推薦一部電影，我這晚可以看？

颱風前夕，臺北的天空分外澄澈，即使忽有大片雲層、突然的驟雨，也是截然分明的。在一場雨和另一場之間，我躲進戲院最小的放映廳，看了阿莫多瓦的新作《痛苦與榮耀》。這部帶有自傳性質的電影，講述導演馬洛初老後，背疾病痛纏身，喪失了創作的靈感和精力，消頹度日，內心深處卻無有一刻，不活在創作的慾望煎熬中。他用藥以逃避現實，卻深陷一幕又一幕六〇年代的童年往事，與母親攸關的夢。

從鄉村到穴洞的城鎮，在那裡，他恬靜乖巧，又已見獨立的性格，在那裡，他展露閱讀和語言的天賦，初識青春的渴望。

飾演馬洛的安東尼奧．班德拉斯老了，灰白著髮，僵直著背脊行走，衰老的眼睛裡，總有一瞬的童稚。鏡頭裡業已不見《悄悄告訴她》、《壞教慾》的乖張。溫柔的凝視，是也老了的阿莫多瓦。

遞至手裡的紙盒，像慎重承裝的禮物。我將影帶推進放映機中，捲帶的輪軸間，發出一種擦拭時間的聲音。那是關於什麼的故事呢？我盡已忘記。只記得那部影片裡也有個導演，有具喀噠喀噠響的打字機，有槍出現，有人死了。還有一面令我迷惑的鏡子，一對美少年的倒影，纏綣撫愛。

那是大學踏進電影社的第一個黃昏。直到現在，我都不知道為什麼交到我手裡的，是那部名為《慾望法則》的電影而不是其他，我看著標籤上寫著，一九八七年，導演，Pedro Almodóvar。

廣場

同樣的急雨，廣場菱格的地，每一處細微都浸濕了。日曬下，又緩緩蒸散。漉漉的未及乾，早到的人，鋪開郊遊的地墊和小折椅。我們抵達的傍晚，紛繁花樣的布紋、敞著的傘，已將廣場泥灰拼貼成一幅秀拉的畫。

擇小片空地席地而坐，野臺就在人影浮動的遠方。說是野臺，襯著背後劇院高聳的飛簷，更顯舞臺巨大像古老的露天劇場。另一側音樂廳的臺階，也早已座無虛席。我們野餐一般，分食著路上匆匆買來的薄餅，等待暮色降暗，等待聚光亮起夜晚。

已逾十年前了，編舞家曾擇陳映真小說編創舞作。首演那週末，我專程搭客運自嘉義北上來到劇院。我記得幕啟時，臺上空無一物，甚而敞露著一向遮蔽的劇場後方，鋼梁裎裸，防火牆冰冷的壁面延伸至深處。當音樂驟響，舞者們彷似孟克的《吶喊》曲扭著一張張歪斜的臉，拔足急馳越舞臺。半場後，復換上一幕幕熟悉的〈山路〉、〈哦！蘇珊娜〉人物們輪番登場。

那是我接觸舞蹈之初。演後翻看節目冊，牢記住上半場令自己深深震懾的《在高處》編舞家名字：伍國柱。也約莫那時，我開始每季看雲門林老師新作，亦追蹤起年輕編舞者的作品。

後來的午後同樣急驟的雷雨，我仍搭上往新竹的客運。二〇〇八年，雲門在新竹縣體育場戶外公演《斷章》。

抵達的黃昏，廣場遍布泥濘，卻已坐滿等候的人群。雨後的天空分外清澈廣闊，空氣裡瀰漫草地和泥土的氣息。舞臺亮起時，一顆顆紅氣球引領舞者拮抗著巨大的命運，在落葉中反覆揮舉起手臂，震顫、跳躍、跌墜。那場公演的前年，年輕的編舞家因病辭世。我後來又有機會看到他更早的《西風的話》。那些我們曾經以為幕落後、會再拉啟的，有時就像舞作中放手的氣球。

想起的時候，林老師走上了舞臺，與廣場群眾致意，今晚的《林懷民舞作精選》是老師退休前最後一場公演。他說，他一直是為了廣場的觀眾而演出創作。

不知有沒有人也還記得，那年雨後的新竹，在暮色中曾浮現一道極美的虹；有沒有人將會記得，那天雨後的臺北，在夜空飄過所有寂靜的雲。

暗暗

罩裡的燈，瞇微起了眼睛，鋪陳的灰地毯更黯淡、沉默，像也瞌睡著。幾人的身影在房間僅餘下一些纏繞的線條，拗曲的背脊似貓，令足踝和肘腕緩緩地旋扭像琴手調音。

窗上敷以的壁紙，透著花紋深暗的紅，角落矮几上那具電話靜靜的，彷彿等候鈴響捎來一通消息。舞臺前陳列的摺椅、椅座中的我也靜靜候著。距離演出，倒數二十分鐘。場中的妳和兩位舞者此刻專注暖身。我聽見鄰隔表演區的門被厚沉開啟，人們沿迴旋的樓階而至，在窸窣的交談中，開始走入那個多時布置的房間。

一條窄狹的廊道，連結起兩個裸裎的空間，另一端連通著小小的空中花園。那是三月間的幾天，騎著車穿梭街路，帶妳覓尋舞作演出的場址。某間隱身巷裡的咖啡廳、某處古蹟，或黑盒子劇場，直到最後我們來到了濕地venue。

那是一幢隱身仄巷的舊建築，曾經的旅舍，改裝成實驗性的藝文空間，周圍盡是入夜後才鬧熱起的小旅店和居酒屋。濕地內面，保留了粗獷的肌理。爬上樓頂，空闊的空間，燈具懸吊、管線裸露著，像一張粗糙的油畫布，陽光自天臺落進大面落地窗，在水泥鋪地刻劃出銳利的光影稜線。妳試以步伐，量測舞臺的寬度，反覆徘徊於兩個房間，想像將作品放置其中的場景。

八月最後一天，首演前最後十餘分鐘，妳暖好身，偕著舞者三人，圍成一個小小的圈，安靜下來，而後低聲祝福，演出一切順利。我忘了我是否記得提起繫掛胸前的相機，捕捉下這樣的一幕。那時，那齣名為《明亮的地方》的所有故事還留在暗中，滿室等待的身影浮動，所有我們布置的景物，每個舞步，將在聚光下，像一場夢，像早晨轉亮。

深河

車行緣河宛延，夜裡的窗，半透著暗默的水面，有時霓光粼粼，薄薄疊影中半是車廂內惚恍的臉影。

身旁的母親就著掌中微光，鍵寫幾則回訊，抑或閉目養神。繫連起汐止與城東的橋逐漸拔升至樓高，河流於右側忽隱忽現，伴陪著返家的車途。

那幾年，我與母親同在一幢辦公大樓工作，同為藝文版編輯，但分屬兩個不同的報社。偶爾下班時間相近，便約在門外的站牌一起搭車離開。我其實不常坐那路公車，相較下，我更偏愛中途轉捷運，在敞亮的車廂內，可以翻下書，看看同樣歸途的人群。

母親卻喜歡宛延著河，緩緩晃搖，回市裡街道。走返途中且在小攤切幾樣滷味或添碗抄手，替晚餐加菜。

後來母親先行告別了那幢辦公大樓。而我依舊行著同一條路。想看看河流的時候，便獨自乘上安靜的公車。

也約莫那時起，母親開始她專注的寫作生活，為了書寫她出生的彰化小西巷，月裡總有幾週特意回返，與家族長輩做口述訪談，梳理紛雜的歲月線索。越一年，文集出版未久，她卻說，想再寫一本關於「行者」的書。

小西巷因舊時布衣交易熱絡，廟祠林立，彷若諸神之城，母親自小與我的外婆出入寺院，種下深刻的緣分。往後工作、生活，再讀博士班擇晚清詞人呂碧城為題，以至親自踏上往菩提伽耶朝聖的旅程，逢遇愈多生命的行者，引領著母親愈潛心學習，並在多年後決心寫下這段行跡。

那天回到家，見到桌案上擺放著那本過去兩年母親積累寫成的書，最終命名為《霧中恆河》。書中記下她從小西巷走出，循著前行之人，到太湖、伊寶香、菩提伽耶、蒲甘、芽龍等多地的旅程，都是我陌生的遠方。

翻看書頁，但見其中一幀攝影，群鳥於河面暗默中四散飛起，圖說寫下，恆河上空，翱翔的鷗鳥。

我忽然想起曾與母親一起橫越的河水上空。我們先後到來、跨過，生命的某個階段。或就像鷗鳥，離開一條河，為回到另一條河。

菩提

拾起了葉在掌心，像貼著另一個掌。轉著梗，讓薄薄的葉面迴旋，讓它在脫離指尖後懸空一刻，才又墜回落葉堆中。

俯身再拾起一片，陽光裡，透明如薄翼，呈現出時間繁複的紋理，邊緣焦褐是入秋的色澤。

通往主殿的大路邊沿，矗立著兩兩相對的塔樓，塔前植有遮蔭的樹，若非妳好奇停下，我或會與成列的菩提樹擦身而過。

假日尾聲，我們帶家人參訪佛陀紀念館，但我心裡總掛記與法師約好的會面。法師是我在報社時的同事。剛坐上編輯臺那年，畢業未久，仍留有稚氣。上班第一天起，法師就像家人般關照著我，時而隔著辦公桌、在茶水間，問候著我的學業和生活。工作五年後離開汐止，而後聽聞法師也回到寺院展開另一項工作。長大後與人的分別愈習慣以年計。期間我離開第二份工作，出國，又回國。

這趟行程前週捎去訊息，往復約好會面的下午，卻難確定時間。參訪紀念館收藏的繪畫與雕刻之際，遂始終掛心地聯繫。

來到寺院。回到肅穆的大雄寶殿。陽光穿過空闊的空間像永恆般凝止。我想起多年前曾有一次因參與佛學會議留宿寺院，入夜後，我獨自步行至不遠的紀念館。遠望著日裡金色的大佛佛身，隱於夜色後暗默像一座山。返回寺裡，恰逢大殿鳴鼓的時刻，靜幽的山間，唯鼓音迴盪。

從大殿前石階而下，遠遠就見到法師的身影，好久不見，卻臨離去的公車僅餘十多分鐘。我們短短在候車亭問候彼此的近況。法師遞來一份紀念品。

回程的車途，我從紙袋中取出是小本典雅布面包覆的《金剛經》，和一片掛飾的菩提葉。翻開經典，便讀到熟悉的那句：「如是我聞。一時佛在舍衛國。祇樹給孤獨園……」

那時身旁的妳亦將葉堆拾起的一片，悉心夾在紙頁之中，更遠的窗外，是南方澄淨而溫煦的夕陽懸空一刻。

埡口

芒草還綠著，風起時翻湧如浪，緣著整片陵面，在我伸出的掌心。那是走往山頂的最後一段路。兩側的山壁，托舉著愈漸遼闊的天空。我們悉心踩踏著石階而上，抵達目標的峰頂。山的邊緣，有座木造的平臺，遠遠望見的是那座孤島，浮現在大洋之中。我不時壓著帽緣和衣領，耳邊只剩下芒草湧動的殘音。折返的路徑，宛延似大地的皺紋。

秋天裡的一天，搭上了清晨的列車，輾轉行至入山口。我們沿途追跡著昆蟲及水的源頭。我記得某段石階歧徑的盡頭，矗立有一棵樹，在溪水日霧裡，閃爍著金黃色的光芒。那天山林的深處，有一對蝴蝶的迴旋，靜默的梯田、細瀑，縱隊的學生登山隊伍。

多年前也走過這一段古道。那時為製作專題，帶著攝影的朋友，隨詩人一起步行至此。午後下起了日暑的熱雨。大片的雲，掠過海中的島襲向我們。在泥濘的坡路中緩緩攀行，漉濕，卻燦爛著。那時偕行的人都到了哪裡？舉著鏡頭的學妹日後搬到新加坡，回來後我們見面的隔天又啟程布拉格。這幾年，斷續收到她寄自巴黎、羅馬、威尼斯、布達佩斯的明信片。

對著桌前的一扇窗，讀著遠方的消息。一小塊蔚藍的天空，在幾幢矗高的建築間時而落下了遠方的光。寫作博士論文的幾年，日子過成極簡約，日復一日地讀書、書寫，面向無止境的時間，算著呼吸和步數。

手搭木欄杆，雙腳自縫隙中懸空。瞭望著那座靜默看你的島。而後起身，牽起身邊的人。沿另一個山面緩行而下。九月。滿山的芒草還未有花。回到一座無人的月臺。等待時，幾列火車疾駛而過。

日後我將回憶起曾在高處的那段山路，一片芒草等待著棉白的花絮自內裡綻放。我站在生命的中途。前頭還未顯露，而深感埡口的孤獨。

II

紀念碑

新城

碑石掩映於拔長的草莖與葉紅間，石面像老去的臉，在日午的光照下，盡顯它細緻的皺紋，又或蝕平的表面；其上一行曾深深鑿刻的字，已需仔細辨讀：「殉難將士……瘞骨碑」。行人掠影的花圃，熟睡有歷史的骸骨。沿此向前餘留下昔日參道的殘石，走向另一側，但見今日方舟般擱停的天主堂。

我是為追溯上世紀初啟縱谷一帶原日衝突的遺跡而至。三月週間的正午，穿行過幾無他人的新城公園。舊時鳥居靜立街路，縱然嵌上了後來的新名，卻仍像敞開衛護的手勢，橫亙著、分界著內與外。泥石的柱體，駁斑石燈籠被塗漆上戰爭後洩恨的標語，一對狛犬，瘦削空望，透顯蹲踞一百年的倦憊。壞毀空去的神祠業已置換上後來的聖像，慈母合掌，披覆的釉藍色頭紗底下，憂鬱凝視的是屬誰的昔往？

鄰近立霧溪出海口的新城，即太魯閣族所稱大魯宛。一八九六年冬，一起肇因於日軍輕蔑族中婦女的憾事，導致各社壯丁串連，報復襲擊新城分遣隊監視哨，十三名駐守日官兵性命盡數戧去。這名為「新城事件」給予殖民者一個藉口，揭開討伐山林二十年的序幕。

走返倖存者慰靈的故道，我來到碑石旁，找尋鑿印其上的亡歿者名姓。這些曾被棄擲異鄉荒野的暴骨，待一九一四年佐久間左馬太總督鎮壓山林後，被收容於神祠，成為供奉的將士。一九二〇年立此碑。日後則舊地豎立起今日眼前的鳥居、石燈籠，參道與碑石。附帶一提，新城並以佐久間別名，改為了研海支廳。

歷史卻僅只顯露「寄與勝利者」的歷史。說過這句話的班雅明曾寫有〈勝利紀念碑〉一文，憶述童年對普法色當戰役紀念日的印象，矗立廣場的紀念碑基座有道迴廊可讓人繞行向上，但男孩從未走進；因其中描繪戰爭的濕壁畫，令他畏懼地想起但丁的《地獄》。你能分辨光暈籠罩的英雄，抑或埋沒深淵的歿者？「這個迴廊其實就是地獄，是對紀念碑頂上光彩奪目的勝利女神周圍受到恩寵的那群人的反襯。」

寫於伏筆的太魯閣族女子，在後來的殖民敘事中到了哪裡？成為歷史的旁注那群遵循古訓出獵的男子呢？碑石背光覆泥的底處，也未有他們的名字。時間唯一公平待之是，銘寫的將士之名皆在滴水風蝕中剝落，石碑終復歸為石。僅留下淡去的一行「明治廿九年十二月二十三」……。

我走向天主堂坐落的園內，攀附石牆的藤蔓密布像輕輕托起這一艘船，敬謹啟門入內，坐入禮拜的長木椅。

此時空闊的建築裡只有我一個人。日午的光，穿過花窗玻璃上古老的故事，因浮塵劃出了紛呈的光色。室內像巨大的風箱，迴盪著安魂的詠嘆。我靜靜聽著。有一時，那女聲中竟彷若一種哀嘆的祝福，像目送男子換著出獵衣飾跨離家屋的祝福。

他的莉慕依

迴廊不過百餘尺，走過卻彷彿累世。一盞一盞的焰火像花之心，人們虔敬地祝禱、而後將之供奉階上，俯首合掌。移步，又再重複一次。

欲雨未雨的午後，暫避於寺裡，我看著穿行庭園的遊人，最終都來到這邊沿的迴廊，手執燭火或許願的銅幣，在每尊佛像前佇足一時。

若默算數，短短的近處到盡頭，便供有八十八尊石佛。大正年間，祂們就已來此照看著村民。當然低眉垂目底，卻更多倒映了一百年中的征戰、苦集失所，乃至自身之被壞毀遺失。

舊日銘刻寺名「慶修院」的銅鐘此刻空懸我近身的木簷架下，曾經迴盪村落與稻田遠近的長音嗡嗚陷入沉默。不遠的旁側，頭戴笠帽、一手托缽另手舉杖的尊者像，仍行走在他的征途；這位出身四國的留學僧空海（七七四－八三五），九世紀時從大唐國學法取經後，返日開創真言宗。昔稱的真言宗吉野布教所、戰後更名慶修院，則收容著上世紀一九一〇年代由四國飄洋過海來臺拓殖的日本農民信仰寄託。

來訪之前，我便曾在施叔青小說《風前塵埃》中初識這院寺的興衰廢弛，當年的募建者川端滿二，「依循空海祖師遺規，行遍四國大師修行過的八十八個靈場，請回每一座寺院的本尊佛像，集中供奉在寺院迴廊下供信徒祭祀膜拜。」

小說從這曾為吉野移民村生活中心的布教所修復的開光典禮，追述起主角無絃琴子的身世之謎。為了解灣生母親月姬的過去與自己出生，琴子代其母回到花蓮的豐田村、吉野村，徘徊筑紫橋通。隨之她也依稀獲知月姬與太魯閣少年哈鹿克發生在布教所一段幽蔽禁忌的異族愛戀。

當年的少女在少年戀人口中喚作「莉慕依」，族語中的意思是「思念」，施叔青寫道，每日每夜藏身不見天光的寺中地窖，他等待他的莉慕依來到。

正殿卻不若文字想像中幽深或壯觀。日式寶形造的屋脊線，木窗櫺、木造佛堂。我拾級而上小小的殿前，有人正搖動牽繫的鐘繩而有聲。帷幔裡的正殿一無塵染，居中但見靜謐的弘法大師空海照看來人。沿架起的木廊道迴繞一週，又回到前方。

未見地窖的入口。也沒有看見他與他的莉慕依。沒有令人迷惘的愛。也已不存有離鄉背井、航渡至吉野拓墾的農民合掌禮拜。更未有因殖民者到來，被迫流徙的原住民如久居靠山腳的七腳川社人居住的遺跡。

遊人或信徒可以拿著一冊集印帳，在祝禱後的石佛前留下紀念的御朱印。一道迴廊，行過四國八十八處靈場。

但我仍想親自去那些曾有柴薪很多的地方。微雨方歇時陣，自寺院離去，騎駛著摩托車，穿行吉野潮濕的田間路。我想趁微雨又落下前，到昔日的神社或拓地開村的碑石前看看。我想在暮色覆蓋山影前，到七腳川事件的紀念碑看看，望一眼乾涸蔓草的溪河，也許誰的莉慕依，猶留在岸邊。

白蝴蝶

我曾反覆在舊日的寫真帖，瞥見那已不復存在的木橋。攝於一九〇七年一幀空景，還是木造的墩柱，像植株生長於淺淺的溪流。橋身橫亙在微微隆起的土丘。臨水肆意披覆的草野，猶徘徊有放牧的牛群，而充盈著恬靜、閒適的田園氣息。它也被賦以日式田園般的名字：筑紫橋。筑紫橋繫連著港市鬧熱的筑紫橋通，帶著戲院散場，或酒足飯飽的青春男女，跨越美崙溪，便可散步來到北邊的高地。

不過幾年後，另一組照片，橋面卻因螻蟻蔓延的陣列顯得狹小擠迫。曾經承載居民日常的路，也帶來花蓮港上岸集結後、挺進的軍警隊伍。那收入《太魯閣蕃討伐寫真帖》系列的泛白影像，留下一九一四年入夏將沿著塔次基里後稱立霧溪上溯的槍砲殺戮，圖說記載：「從筑紫橋向前方攝影，對岸的建築物為花蓮港駐屯兵營，而前面的山巒為米崙山。討伐隊伍的大縱列如一條長蛇蜿蜒前進。」

此刻，美崙溪依舊靜謐流淌於我立足的橋下。鋪木早代以水泥的墩座，車流在拓寬的路面留下黃昏的囂音。我想起無絃琴子，當年返回母親故鄉，尋索家族身世之謎，竟迷惘徘徊木橋不在的條通路上。

我也想起幾年前行經這裡，還未識得凡常的道路，僅為前往河岸高地的松園別館。美崙山因制高可眺望溪河出海口，一望港埠進出的船隻、迴旋的機翼，在進入戰時的四〇年代成為軍國駐防要隘。這幢掩映松樹林蔭的幽靜洋樓，留連有帝國軍官，也據傳曾是神風特攻隊出征前，接受御賜御前酒的休憩所。

駐足在瞭望河口的平臺。進入兩層樓巴洛克式的柱身與拱廊道，一間間曾為辦公、交誼場或用膳的廳室。緩步建築周圍，壁面側身盡為多年的藤蔓攀附。

在洋樓側邊，有個不為人多留意的壍壕，標誌通往昔日的防空壕洞。我鑽進狹仄的洞坑裡，但見粗礪內壁上，布置張貼著一幀幀戰時焚燒的寫真。幽閉的空間且迴盪著廣播放送新聞，間或砲擊轟炸的擬仿鳴響。一盞一盞懸吊的暈黃燈影間，我看見那青年的肖像。

蒼白，瘦削，一副飛行眼鏡拉高置於頭頂上，失焦的背景彷若停機坪。一旁小小告示牌上注解，這是二戰唯一可被證實的臺籍特攻隊員，一九四四年，被擊毀於飛行菲律賓的海域，死時二十一歲。在此啟程的隊員又被稱作「白蝴蝶」，赴死的生命祈盼回返家鄉以蝶翼。

飛行前夜的臺灣青年，會否也曾沿著筑紫橋通，帶著散場的微醺，最後一次走返美崙溪上。留在他胸臆的心事為何、眷戀又為誰？他曾經感到一切的迷惑或虛妄嗎？相對凝視的眼底，難有解答，唯有令人暈眩的暈光與砲擊，像一場長夜未醒的噩魘。

夕暮綿延，此刻的我正跨越至溪流對岸。我想在天色暗前，再造訪松樹林蔭間那幢白洋樓，返回深邃的地壕。臨水的草坡翠綠而繁茂。有一時，遠遠地我看見有點點白色的掠影翩躚而逝，像街光、倒映的早星，像歷史的浮光又或是其他魂縈返來故鄉的夢。

重回白水湖

堤防外，潮汐退還了沙地，日照下沙泥泛著的銀白色光暈廣袤伸延。除一位釣客老人彷彿抵達多時。荒瘠的海岸，唯有截斷的枯木歪斜佇立。

腳步凹陷於濕泥，擇水窪淤積中浮現的硬土輕躍而過，逐漸在身後留下一道長長長長的足印。午後乘日郡的車駛行海濱。這裡的小鎮，因近鄰潮間起落的地帶而多闢為蚵仔養殖場，沿途的埕間堆置著蚵殼與網繩，洗滌的腥鹹，久已瀰漫為道路的氣味。近海望遠，蚵架低低地，就像一座座分隔的孤島。

出生雲嘉的朋友帶著造訪的我繞行朴子城鎮。參訪配天宮，敬拜恆久守護海人的媽祖婆，年輕的夫妻虔敬在一旁祝禱。駛向朴子溪的出海口，來到了漁港碼頭，在小攤前，等待溫火煎烤的蚵仔包。行過宛延的長堤。時有小白鷺成群盤桓於田埂間。離程前日郡問到，曾不曾到過白水湖，就在這附近。「是《白水湖春夢》的白水湖？」

原來，白水並非湖泊，亦曾為舊日的鹽田，因海水倒灌淹漫時泛白而有此詩意中微帶傷感的命名。我們從堤堰走下，迂緩步行海潮退遠所浮現的濕地。一直到邊緣，回望來時的路徑，唯一節節枯木像老者久經風蝕的手，自平坦的海岸立起，似召喚指示著；惚晃間，我彷彿曾經見過。

零二年，十九歲，初次離家，搬到遠地的嘉義民雄念書。同屬平原小鎮卻更近山勢。我選修了系上一堂實習課，整學期排定參訪各非營利組織。有一週，教授帶著同學們長途來到西向一處濱海的蚵田。我業已遺忘當時的目的地。只記得一行人走在退潮後綿軟的濕土，越坑窪，每跨一步，足尖便輕輕陷落。這裡那裡，都擱置著大綑大綑蚵殼。主人為我們導覽著繩網、棚架的傳統工法。那日最後，在簡樸的寮舍，合桌吃著料理的蚵仔與海鮮。回程的平原上，有復一日暈紅的夕暮。

又曾有一日，夜裡與同學聊到想去看海，天亮後結伴出發。按照著地圖上預先描繪下的路線，摩托車向著西邊公路徑直騎行。日午之際，來到了一處荒蕪的海岸。唯通道皆已封圍。詢問鄰人，才知曉通往海的路久已禁止開放。

摸索著防風林的間隙穿行，來到只有我們的海灘。波浪拍擊淺礁，漂木與繩索、廢輪胎棄擲一地，但見一舢舨朽腐的船身傾頹眼前，駐守瞭望的建物窗玻璃盡碎，露出空洞的眼睛。後來我在一篇〈蔚藍邊境〉這麼記下，「我們走進那樣的一處荒敗的海岸，甚至不能說是海岸：在前方不遠猶有一道築提環擋在那，使海水無法進入；而在圈圍起來的範圍則停放了一些船隻或作為養殖區域，等距豎立的木竿上垂掛著鐵絲網……」（二〇〇七年三月）

此時，友人拿出手機，開始錄音下一段潮水與海風的聲音。那是九月中旬一個如常午後兩點前一刻的聲音，裡頭或有潮汐，或有招潮蟹鑽進沙坑留下一圈圈紋理的流逝，或有我徘徊記憶的足音，有他自己的心跳。

二十年前，曾經一起追逐過海岸的人都已失去音訊。那時我們是否即已來到這一片白水。傾頹的舢舨不在，留下節節枯木的證詞。二十年後，我會不會在重新返來的片刻，因腥鹹的氣味，回想起這樣一個平淡如劇照的一幕，沙地上，投下兩個無聊賴的身影，海水漲落，輕輕易易抹去一切。如同年輕時讀過便牢記的句子，大海邊沙地上的一張臉。

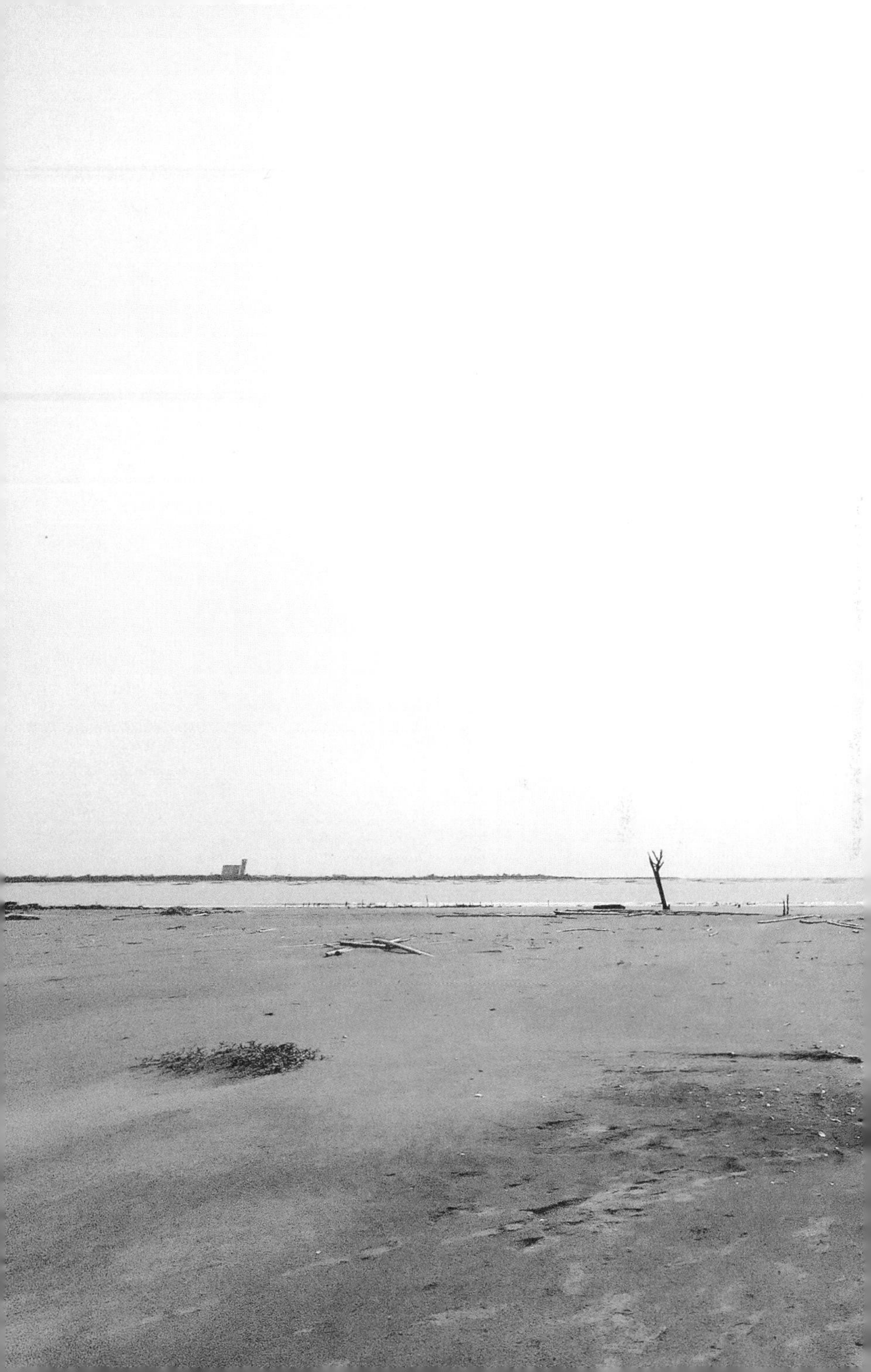

水車村一夢

寮屋坐落暗中，埕前一條行車的小徑，這頭是濕潤的漁塭，徑路的另邊，也是漁塭。若不是車前燈暈黃了平野沿途零落的田舍、聚落信仰的小廟、分歧的溪圳，與聯通日常的便橋，才能將我們牽引到這裡，入夜後闃靜的濱海村落。

摸索啟開前庭簷廊上幾盞微燈，過沒一會兒，屋子主人便騎著摩托車，從鎮上轉來。這幢兀立在塭池分布間的舊磚房，近年改造成在地社區營造的工作室，日裡常有鄰里或新住民聚會、手作或料理，招呼遠道而來的訪客認識小鎮。九月我們曾已短暫造訪，並在活動上識得主人吳大姊，也因詩文計畫，過後詢問能否借宿一晚。她帶著兩個大學生，替我們亮起小屋，指引今晚下榻的臥房，盥洗間和廚房等。返去前，又推介鎮上幾間馳名的小吃攤。而後獨留下我與寫詩的友人，及一幢隱沒入夜色的老屋。

近海的風沒有間歇的時候，扣敲院前紅磚砌築的圍牆與窗，飛蟻群集，旋繞熾白的燈泡。不過晚間七點，卻因萬物在此凝止而彷彿永夜，「好像沒有時間的分別了。」朋友這麼形容。我們擇長桌背風的裡側閒坐，聽暗中塭池打水的噠噠聲，因無事，談著明日將去的鰲鼓濕地、港口宮，又或聊著漫漫長長的話。直到進屋，時間像猶未推移，海風仍捎來永恆般的手勢。

醒自濱海的早晨，步出閒坐一晚的前院，才看見邊沿小徑蔓生的芒花環圍著塭池，像這村鎮所有寬闊綿延的風景。池面上打水的扇葉迴轉著，沒入而又噠噠噠噠地浮現。

黑澤明一九九〇年拍攝完成的《夢》，以「我曾做過這樣的夢」為引文，串連起八個綺麗的片段。我記得最末一個夢，旅途的男子無意走進林中村莊，遇見家屋前修繕水車扇葉的老人。答問間，長者說，這村落無有名字，沒有電、也不用開墾的機器；因為夜晚自是歸諸黑暗，因為村民拾取傾倒的木身做柴薪，因死亡是生命的自然。

旅人循著慶典的樂聲，走過一個個慢緩旋轉的水車。看著老人加入一場送葬的隊伍，他摘下一朵花，像聽聞的村中典故，留在溪水的橋上。「沒有名字，但村民都叫它『水車村』。」

鄰人們開始回到早晨的寮屋，灑掃、煮茶，備妥午餐的食材，看見我們便親切招呼。我散步來到池邊不遠的長椅，乘著葉蔭，在仍未止息的風裡坐著，看著來自海洋的風捲動起水面的漣漪，魚影浮動，打水的扇葉像一座座小小的水車。

這個濱海的小村落有名字嗎？有它凝望無光星夜的思索嗎？有屬於鹽田或漁塭的生命典故和儀式？我曾有過這樣的夢的早晨，直到此刻，才試著將想起的夢境記下。

尋找洪通

若非那堵橫阻小徑底的磚牆，牆上日曬已斑駁的顏料，浮現一幅臉、猶有魚身的輪廓，這裡，就只是再平凡不過的鹽分聚落。三五幢農村磚紅平房散落於寬闊接連的漁塭畔，有些猛犬駐守在前，隨人行近，即咆吠不止，也有房舍年久荒棄，敞露著傾頹的內裡。那滿牆畫像一眼也可知不是原版的壁畫，線條歪斜、塗漆的粗糙色塊，更像是為了曾經的存在所做的反覆而徒勞的注記。

像路徑上唯存的指引。在沿路瀰漫著燃燒棄物的煙灰之中，我朝向折轉的土埂路再行深入，逐一對照幾幀舊照印象的畫屋。

那系列攝影隨同文字原刊於一九七二年《漢聲》雜誌英文版。報導中，描繪了這一帶南鯤鯓代天府慶典時一個異樣的場景，素樸的村人，逕自於樹蔭下懸掛起數十餘幅自己的卷軸畫作，不是古典的水墨、不是素描風景，但見其中人身連成花木或獸身如夢景，衣冠交織著瑰麗繁複的紋飾。另幾幀攝像裡的家屋門牆，同樣被繪以豔彩斑斕的人形與圖騰，時而潦草著彷若來自異境的意符。

當年撰文者即小說家黃春明，他為這僻遠村落採訪途中無意遇見的畫家長者訂下了〈瘋狂藝術家〉（The Mad Artist）的標題。而這位鄰里口中暱稱的朱豆伯，本名洪通。

記得那是一次訪談，藏書作家帶來一批珍本、舊刊與唱片等珍藏，我們談話間翻出這篇報導的老雜誌。與其說洪通帶有神祕氛圍的形象與塗色，迷惑初次的觀者，更令我著迷的，總是小說家所記下最初這場奇遇。

那幾年，我彷彿尋索般，陸續看過無獨有偶的《洪通計畫》，張照堂個展上放映的《再見．洪通》等。關於藝術家的故事人們今天或都已遺忘：這位出身蚵寮漁村半輩子的農人，五十歲那年，決心投入繪畫；經雜誌與副刊報導後，一股「洪通熱」席捲臺北藝文圈，一九七六年，於美國新聞處林肯中心舉辦的首次個展更引起世人矚目。然而晚年的老人獨居南鯤鯓畫屋，終又與八〇年代眾多熾燃過的物事為人淡忘。

我想起二月間，赴臺南一場書籍座談會後，步行經傍晚的美術館、昔日臺南警察署，館內正展出「再現傳奇：洪通百歲紀念展」。趁閉館前短短不到一小時間，再次看見了夢的臉容，與神祕的紅⋯⋯。

循原徑折返，途經路口的新安宮藝文中心，唯一管理的阿伯見有人入內，為我們撳亮了晦暗的展廳。近鄰的這裡，曾是孤獨藝術家日常往返的所在，標示牌解釋懸掛在此的寫真與畫軸。「請問洪通的古厝佇佗位？」「早就無去啊。」阿伯比畫著我們走來的近處說。

臨別前，車繞行過豔陽下巍峨的南鯤鯓代天府。又值秋日慶典，廣場戲臺上的偶戲隨鑼鼓聲搬演，一行巡境的列隊橫越寺宇之前，遠遠望去，無蔭無蔽。我佇立一時，想像著小說家鏡頭裡乍現的斑斕畫軸，在枝葉光影下迷離；但除了靜默的塭池、頹圮磚瓦，迎著濱海刺目的光，就什麼都未看得見。

夢見鞦韆

墜落的棕櫚葉，在濕漉的草地上像翻覆的船。隔著緣側的窗門，清晨下起了細雨，還未有歇止的跡象。

夜裡曾惚恍醒自的洞穴，躡足於疊蓆與門掩間的木長廊，重又浮現出它隱微的輪廓，並覆上雨絲浮晃的光。

沿著齊東街回到舊日宿舍，整個早上我默望雨中庭院。氣象預告的週末是帶朵雲的太陽圖示；昨入夜雖微涼起風，都還是冬日乾燥。昨晚在前廊鋪展開的小舞臺，此刻卻承接廊簷夜半落下的雨滴，匯流為小小的河。

十點。十一點。正午十二時。直到戶外演出前一刻，層疊陰霾的雲轉薄竟而透出稀微的藍。加緊拭乾木廊道，將椅凳擺放於觀眾將入內的草地。這週，我因駐村寫作計畫住進這幢現以「繆思苑」為名的作家宿舍；齊東街比鄰的連棟日式平房，在公寓巷弄之間，遺留下日治二〇年代起劃分為臺北城幸町的官舍舊日街景。起居和室的幾日，前庭走出，皆穿行三角公園，斜縱巷徑間，仍能不時看見幾幢封存於時光結晶的老屋，或盤屈樓宇之隙的樹，投下繁茂的鬚根和陰翳；樹老有靈，總不知何時被鄰人安放了佛像，守護祕密的願望。

齊東接上濟南，愈近大路，鬧熱有麵攤、飯館、水果行，其實也鄰近我出生兩歲前第一個家。那是母親年輕時自彰化小西北上念書，與兄姊同住的公寓；她在這戀愛、工作、婚嫁成為妻子和母親。屋裡的樣子我毫無記憶，或許是後來搬離後母親還常帶我返來，唯記得巷路走出即公園，公園草地立有幾座鞦韆架。

後來我常做有鞦韆的夢，夢中反覆將自己盪高再盪高，直至被空洞捲入而驚醒。後來，我在陳映真的小說裡，曾讀過這樣一段：「小公園說小也不小，種著十六株老樟樹和六株木棉樹……」

童年夢中那座公園，在九〇年代捷運板南線的施工中，連同忠孝路被夷平而漫長的封圍；再見時，鞦韆架成了地下鐵出口。

前日午後，我重回公園拍照，也才留意到蔓生新草間留有一座碑石，石面銘刻著公園的名字。午後一點了，終僅餘草地微許的濕潮氣味。隔著窗門，看見幾個讀者穿過園遊會的雨棚下，走進繆思苑庭院。女舞者將在這跳一支名為《穿越九千公里與你踏青》的舞蹈，攤開野餐墊，斜立陽傘，從提袋中取出帶來的紅蘋果，寫張給你的明信片。昨晚預演時，透著拉門薄紙暈黃的燈光，廊道長長沒入暗中，就像玩完鞦韆回家的夢。

演出開場，我從蓆上矮桌拿起準備的書，推開門，走出到臺階邊沿坐在觀眾身邊，飾演翻讀的自己。微微的濕氣駐留木階。在舞者走出前，我的動作會將那本書安放階上，留意要令書封朝向觀看的人。又拂起的風翻動書頁，現出《忠孝公園》和小說家的名字。鐘頭後，臺北冬日的霪雨將又重新覆蓋著街道、屋舍和庭院，收復書本擱放的剎那的舞臺。我相信，那時院中的老棕櫚，收到了我祕密的心念。

夢見山路

霧靄似鶯鎮的霧靄，疊嶂的脊線，牽引著視線到山之深處。

在美術館一牆，看見那幅名為《群山》的風景畫前，我已無數次於翻讀〈山路〉時凝望過彷彿的它。墨深的綠，留有畫家著力塗繪如若刮痕，或就像小說中的女子馱負心事，留在礦坑道上深深的足印。

初讀陳映真〈山路〉猶在大學歲月。這篇寫於作家回歸後八〇年代的「山路三部曲」，深藏對白色禁忌年代的凝視。老婦人在報上無意間讀到因政治繫獄半生的故舊獲釋消息，竟日益莫名地衰萎下去；原來，一九五三年，少女的蔡千惠之所以來到鶯鎮山坳一處寂寥的土角厝、她口中已亡身的丈夫家中，苦勞般，做著女煤車工照養全家，背後實牽連時代隱密而難言的情事。病榻中，老婦卻只反覆對小弟訴說縈迴的夢：「台車の道の夢を、見たりだよ。」

我也常夢見那一道山路。夢中的院校坐落在半山腰，一座鐘樓，自蓊鬱密布的林葉間孤獨矗立。入秋覆蓋碎葉，而熱夏的山徑緩坡，經常有死物曝曬焦乾如影子般的遺留。日復一日，我朝向鐘塔的高處步行，亦每一夜在窗口可遠望鐘樓的房間裡獨自於書中求索；那是大學二十初歲，我陸續讀到〈麵攤〉、〈我的弟弟康雄〉、〈兀自照耀著的太陽〉等。二〇〇四年並曾在國家戲劇院的舞臺上，看見少女蔡千惠的獨舞，荷著包袱、推煤車，緩行重回臺車道。

《山路》書封那幅選用作群山意象的畫者為吳耀忠。然而存有個插曲，原初他交給至交小說家的是另一幅畫。畫的背景模糊，如氤氳煙嵐中走出一個無頭的男子，襯衫襟前，暈染血紅的顏料。男子的手線條暗黑，提著包袱，彷彿失落的首級。日後我曾在臺北雙年展「現代怪獸／想像的死而復生」見過那幅畫一次。竟也時而疑惑，倘若當時小說家沒有拒絕這幅畫像，會否改變深陷頹喪的故事之後續？

連帶想起，再後來我也才知道，吳耀忠曾經短暫主持的「春之藝廊」，就在我國小對街的麥當勞地下室，有多年它改為誠品書店，後又成西餐廳。陳映真以自身跨國藥廠經驗所描寫的《華盛頓大樓》原型，則在忠孝路鄰近，小學我等候的公車站牌身後那一幢大陸大樓。還包括我孩時奔跑遊戲的《忠孝公園》。

又做了山路的夢呢。二〇〇五年夏天，我獨自飛往長春，參加學術研討會發表詩人論文。會議上，除了詩人，那曾經我在文字中緊隨思想的小說家也出席。會中安排作家學者們登訪天池。天池是長白山頂火山口積聚而成的湖泊，因海拔氣候一年難得可見。

山麓留宿一夜，天未亮即起。沿途雲霧瀰漫，極傾斜的土石坡易崩難行。拉著繩纜，顫巍攀爬，一人挨緊一人。那個早晨，濃霧遲遲未散，就像是原畫暈開的底色。遠遠近近人竟致也是無臉容的。終究不見天池，回到山腰，作家們難免彼此惋惜：「沒關係，下回再來吧。」

我想起留宿等候那晚，獨自在晦暗寂寥的餐廳吃飯。過後一會兒，但見陳映真逕自朝整團最年少的我走來，同桌聊天用餐。那趟旅行，我唯留下一幀與之合影長白山牌坊的照片為念，影像中的小說家巍峨溫煦，就像另一座大山。當時餐桌邊他鼓勵我多讀魯迅，他對我說過的話，日後我用了更長的歲月才逐漸明白，那句話大意是：「用右眼看事情，記得也要用左眼看世界。」隔年秋天，他病倒北京。

多年後一個平常午後，偶然散步途經忠孝公園，花影之間，忽而憶起了少女憶及他，想念起我們曾偕行走過一段霧中的路。

和平島

敞開的臂膀平舉同海平線，古銅色胸膛盈滿灼目的日光。礁岸上的少年，令我無端想起威尼斯一尊以《城之天使》為名的雕塑。就在迎對運河渠道的老宅邸涼臺，藝術家馬里諾·馬里尼（Marino Marini）主題中的小騎士，雙臂敞平，半身斜傾像將自馳騁的坐騎傾落。藝評解釋，這正反映二戰後人的精神危境。

少年所不同是，立足的並非難駕馭的奔馬，卻是小艘木造舟楫，隻手則持著木削的魚叉，他因戰傷的左腿纏著綁布赤紅，雕塑基座上直書一行：「琉球漁民慰靈碑」。背對的身後，即小島受海蝕漫長雕刻的蕈狀之岩，沿海岸坡徑，還會行經隱密的石洞，或沖刷成塊的岩群似千疊敷，有些石岩因形廓，被賦以擬物擬人的稱呼。

這處如今陸連的島，在上世紀中葉前，猶混居著平埔族、漢人與少年容顏般的琉球人，舊稱社寮。然而先經歷帝國戰敗，戰後初期，旋又在泛白恐怖的陰翳下發生一九四七年「社寮島事件」，餘下的漁民盡無故喪身。只留下日後善心民眾籌資興建的萬善公祠，收容歷史中的無名者，並豎立起那座岩岸塑像和碑石。

週一日午的島上了無人跡，唯有我們，趁港市細雨停歇後造訪。轉到東北角的坡徑，但見一道道永恆襲來的海潮之外，基隆嶼如默獸沉潛，隔著廣袤的海洋再遠，將會是沖繩島群吧。這就是百年以來涉海的漁民漂流倦途的海色？

或是十七世紀西班牙曾砌建的聖薩爾瓦多城，士兵日夜聽聞的異國潮聲？法蘭西艦隊一八八四年第一顆砲火劃過了島之上空？以至延長的戰爭中，最後的琉球漁民是否即葬身海蝕的岩堆？

我想起逾一年前剛回到汐止出版社工作。有天午後，同事們開輛車駛往基隆港邊小吃店便餐也透透氣。回程入國道隧道前，拐彎進了旁側歧出的山徑，坡路顛簸窄仄僅容單向緩行，途經宮廟牌坊，錯落的聚落；然而來到林葉高處，頓時一整座港市開闊地浮現眼前。我們登上獅球嶺，出身基隆的友人為我們遙指遠處，市街在那邊，港埠在那邊，再遠處，海陸接連就是和平島，舊時也喚作社寮……。

週末過夜在基隆河岸，隔著水光對岸是如今愈熱鬧的太平山城，以東出海的方向，是當年瞭望霎時欲想前往的島。霧港的夜晚，看著泊停在岸一艘多年前擔任水兵時也曾踏上的相似船艦，徹夜維繫著細微的燈，我知道每一更將會有交接的站哨士兵，像一座雕塑，衛守著靜謐的河。

我卻終究不曉得為何少年漁人背著海，將其所來自的島留在遠方，將魚叉之尖，或指向島嶼統治者逼近的暴行。相對《城之天使》，他遂更像班雅明描述保羅．克利的繪畫《新天使》，面向殘垣傾圮的過去，被風暴捲入身後的未來。有未來嗎？離去前，沿著他的視線，我彷彿看見遠遠地在獅球嶺制高，有雙對望的眼睛，清澈，無知，還未染上歷史的一絲陰影。

百合花開的地方

甚至尖利的貝殼都磨圓了，曾經珍珠般的光芒，歷經日復一日的夕照已暗淡如餘燼，草木新生，苔衣附著墓石。然而依約之人猶在原地。這是夏目漱石《夢十夜》中的第一個夢。他描寫夢中女子在睡榻臨終前與「我」的一席對話，無法避免死之將至，但誓言一百年後的歸來。

那一刻，當暗藏的光，暈黃老屏風薄薄的紙幕，浮現淡淡竹紋，一盞吊懸的燈，隱微亮起了舞臺深處由紙盒、箱籃、糖果罐，一袋袋零嘴或童玩堆疊成的柑仔店印象；門前，女舞者在斜光的椅凳上，獨自安靜梳理著長長黑髮，圈繩紮起重又放下，恍然竟令我想起那則關於等待的夢。

新年第一週，我們帶著名為《百合．ゆり》的舞作進駐牯嶺街小劇場。重新回到這條大學時期經常看戲的街路，佇立轉角斜面的門，曾禁錮有舊時憲兵分隊與警察派出所氣息，在世紀後，一改成為實驗劇場湧發的入口。我在這裡看過最早的貝克特、契訶夫，也看過女孩最初跳舞的模樣。空無的黑盒子，在一個個日以作夜中，造夢出《Happy Days》拘限女子的扶手椅，《三姐妹》滿是披掛絢麗華服的吊衣桿，也打造出我們那間山城村落的小小雜貨鋪。

《百合・ゆり》取材自女孩家族的故事，伊的父親出身南澳碧候村，由經營商店的阿母一手拉拔到大。碧候為昔日泰雅聚居的部落，環山近海；曾經傳說著少女莎韻（Sayun Hayon）的悲傷故事。如同戰後諸多僻靜村落，終成了上一代勞動、新一代遷離又懷望的原鄉。我們在一年多前的冬日造訪，家屋前的山嵐積聚，偶落有如絲陣雨；駕著車，沿田水倒影的兩世界，行過了碧候，鄰近的金岳村、武塔村。最後來到今人仿古石砌的鳥居，走向鄰南澳南溪的莎韻紀念之鐘。

串鐘叮鈴的迴響，夾雜著列車軌道、冷冬近海的風聲，風所掩蓋的話語，被放入劇場中。演出前的幾日，我看著舞臺吊燈後一塊塊亮起，我們將搬自雜貨鋪的黃酒箱疊高於臺後昔日的偵詢室，讓木柵欄投下錯落的長影子。再用懸絲掛起那一面已逾五十年的商店老菸酒牌。而後，彷彿三代一家的男女舞者們，淨喻、以婕、翊傑，走進了舞臺故事之中。

那趟南澳行隨手攝下的影像，遲至多時後在劇場顯影。其中一幀，無意捕捉到家屋前的花圃，新生的野草覆蓋，一朵純白瓷壺般的花在其間含苞待放，竟即是百合，這個女孩的至親的名字。她終其一生守候著村落最初的商店，成為村人口中的ゆり桑。「……一滴露水從天顫落，花朵隨之搖曳生姿。我引頸向前輕吻著沾有冰涼雨露的白色花瓣。當我的臉龐離開百合花時，看見遠方的天空閃爍著一顆晨星。」

星星的碎片，暗淡的珍珠貝與青苔墓碑間，百合花開之時，我想起夏目漱石寫下的守候，原來一百年已經到了。

哀愁的預感

煙靄長日的山坳像一幅靜物畫，磨細的砂礫間，山澗流得極靜、極淺，沒有人會料想到山水的暴漲只在一瞬。就像無有人想到遠方的戰爭如野火延燒，如同秋日豔豔爆開的花，甚而波及這片僻遠的山麓。又或她隱隱有所預感，但在日之丸旗的號召下，一個十七歲少女，能有什麼違逆命運的可能？

那是帝國入侵廣闊內陸的一九三八年，日後史稱是役「武漢會戰」。它所牽連的軍事動員和生命消耗、地緣戰略，乃至國際政治的合縱離間，都與島嶼叢山深處的部落無涉，更不為少女理解。她僅知道，自年少，教育著利有亨社學童們那位年輕警手教師，收到迫切的徵召令，才入秋未久，亦將同眾人赴往遙遠遙遠的前線。

驟雨便是在這時節，突地傾覆了整個大南澳的山麓。望盡雨霧如幕，她回想起教育所學習的日子，竟歷歷在目，卒業後，編入女子青年團，仍經常聽老師談及的人生道理；縱然其中所夾雜諸如「皇民精神」、「大和撫子」，總像是另一種陌生的外國語。但此刻面對尊敬師者前去無可知歸期，邀集了同學偕伴送行。

山徑濕濘，裹足難前，原來裸露的溪床，一夕間又回復漫無邊際的濁水。少女分擔著教師征途的行囊，裡頭或收有軍服、召集令，或慎重珍藏的御守和幾封信箋，都肩荷在身上，顫顫巍巍，斜影行路在暴雨之中。

一行跋涉來到南溪鄰近，一處圓木搭連的便橋，為了不致耽擱延遲抵達約莫再一里路程外的車站，幾人決定涉險，穿行湍急暴漲的水上。然而就在誰也不及看清的雨幕中，隱隱一個少女身影，像細細一絲雨傾斜墜落，而胸前似仍緊護著行囊，啊！是莎韻。

卻沒人知曉，在那一刻，她想到的不是老師，而是父親每回送她上學時顯得微慍而複雜的臉，她將緊緊懷抱於胸的重負，以為是家屋前時而現身，陪她遊戲的小鹿。

同樣少女也不知道，她的失足落水而匿跡，將會以一則地方新聞，刊登在九月末了的《臺灣日日新報》一角：「蕃婦溪流に落ち／行方不明となる」，報導中說，南澳分室搜尋數日，最終只尋獲兩只行李箱。

她更不會想到，她的失蹤，將被戰時帝國穿鑿附會為一則愛國故事，統治者為自己獻上紀念的銅鐘，一位名為鹽月桃甫的畫家更為她摹繪肖像，畫中手持銅鐘的純情原住民少女，深深迷住東京聖戰美術展上的眾人。再後來，那位自霧社倖存餘生的佐塚佐和子演唱了〈莎韻之鐘〉歌曲，再後來，名角李香蘭飾演了以她為名的電影。

然而如若煙靄落雨的秋日她早有預感，她會不會訴說自己版本的故事？她的失足匿跡，或是想望溯源移徙前群山的深處？也許在另外的敘事裡，莎韻與遠方的戰爭再也無涉，僻居生活，將家族的名字傳承給孩孫？這麼想來，出生一九二二年的她，會不會那日在前往武塔的南溪邊，我們錯身招呼的百歲長者，誒，是莎韻。

山邊跳舞

女孩像山間的煙嵐飄忽不定。臉暈紅如夕日，一會兒落在草地，再留意時又出沒於房屋上的涼臺。瀏海齊齊地覆蓋，那雙深邃的眼睛，總是注視著藤竹架起的舞臺。

「是誰家的孩子呢？」霪雨連綿的長日之後，回暖的春天假期，我們回到了山邊村落，那幢戀人祖母的家屋。舞者們排練的午後，鄰近的孩子循樂聲進出著院落，開始先是一群女生們，在地上翻滾嬉戲，而後來去間，總見到女孩像小鹿般輕盈的身影。幾天裡，她始終跟在我們身邊。

碧候村依隨山勢，居間的石階兩端，制高是森嚴的派出所與長老教會凌空的十字；那幢曾為部落第一家雜貨鋪的家屋，則在鄰人行住生活的坳底。記得前年改裝為民宿之初，我們還曾回來暫代主人，耙清枯落的葉子，灑掃澆花，將原來雜貨收帳的櫃檯，布置成小小的接待區，矮桌鋪上了編織圖騰的布巾。等待旅客的片刻，我便坐在院前讀書，周身僻靜，抬頭望即一座山寬闊的背脊。約莫也是那時，戀人浮現創作一部以碧候商店為主題的舞作，想有朝一日回山邊跳舞。

院落昔日村民聚會的小舞臺，垂懸上新的燈飾，一面布幔，懸掛在竹藤牆上充作投映屏幕，草地散置著巧拼接成一道道席位。預演的音響穿過矮牆圍，迴盪在安靜的山村，果然吸引假日在街巷奔逐遊戲的孩子們，探身窺看，「你們在做什麼！」

週六早晨，我們在鄰隔的碧候國小校園，揭開籌畫多時的「南澳藝術日」，帶鄰里大人孩子們跳舞。迎光閃耀的山近在眼前。球場上打球的男孩，時而運球過來問，「你們在做什麼！」日午的商店外，偕伴的少女們問，你在做什麼，「下午有舞蹈表演喔！」一群孩子在舞者們呼喚下齊湊到排練的草地舞臺，看了一會兒，指指個頭最壯、卻有著靦腆笑容的男生說，「可是今天他生日，我們要回家幫他慶生。」「生日快樂！慶祝完過來看跳舞呀。」

像小鹿現跡的女孩，是時又坐在椅凳，安靜地，看著臺上跳舞的大哥哥大姊姊；不知何時，她玩戴起其中一支舞作的道具墨鏡，小小的臉，在默黑的鏡面下顯得更小，左看看、右看看，擺動的腦袋瓜上像畫了一個疑問符號。後來聽見有大人叫她的名字：「ㄧㄢˊ ㄒㄧ」。

節目在大山投擲的暮色中開始，院落已席地坐滿著觀眾，女孩也在最靠近舞臺的一排。有些陪爸媽前來的幼童，到半途安穩睡著，大字躺在柔軟的草地。舞者們自臨暗時分跳起，直到天色完全降暗下來。

昏黃中，我看見那個今天過生日的胖胖大男生，悄悄又返回院落草地，就坐在「ㄧㄢˊ ㄒㄧ」鄰隔。忽然就想起這個傍晚帶回山邊演出的作品有《朵朵》、《剖開》、《三部曲》，還有一支，名字就叫做《生日快樂》。

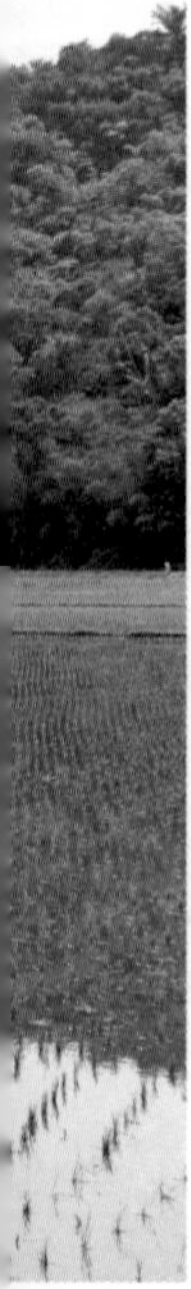

不如蘆葦

乾燥的花枝間，埋藏有一顆球狀的燈。如果拉開抽屜，就會亮起櫃裡小小的花景。暈亮起周遭層疊浮貼似植被的便條紙，暗默的卷宗，纏綑的話線，一張幽光之臉。

複印機時而運轉如獸，洩漏的白光，折返勾勒著邊線。這是一間無有特殊如若拷貝的辦公間，像賈克．大地（Jacques Tati）的劇照。然而時刻一到，觀眾沿旋梯而上，將會播放出音響，而所有暗藏的燈光彷彿甦醒，又或其實偕同墜入了一場暫時的造夢。那個週末，我們在一幢辦公建築中做環境舞蹈演出，以《少女心》為名，描摹當代女性的生命空間與故事。我反覆看著這被我暱稱為「遊戲時間」的段落，當表演者自捆縛的線索中脫身，安靜一時，在桌前寫下心事，反身看向鏡中，又緩緩拉開抽屜，我想起了石田徹也，覆滿的葬花間，是否也會浮現自己的臉容？

那些刻畫當代生命鑲嵌於日常生產線的畫，帶有超現實的景觀，飛行器、蒸汽火車、汽車，窗臺的囚籠，乃至水泥建築，鎔鑄與形似的人身，每幅憂悒都是「我」對鏡的肖像；被裝填封箱的方形軀體，釘在牆面九十度鞠躬似雕像，成排注射器進食吧檯邊西裝革履的上班員之口。記得第一次看見石田徹也的畫，正是在哈佛燕京二樓那間教室。印象裡夜間的討論會中途，窗外降起了紛亂的雪。

當時赫見石田徹也其中一幅名為《引き出し》（抽屜）的畫作，總令我想起那幢陸橋旁的辦公大樓，裡頭也曾有一格抽屜有我。

離去後又回返，前後逾十年。我記得某年冬天，為了限期內編輯製作一部巨幅的長篇作品，連續幾晚留待至自己一人。深夜的公司像個無人劇場，在一盞燈前校讀，影印機吐露永無止境的感傷。如果拉開抽屜，也許能看見埋葬的什麼。而日子如若拷貝。

後來，我開始習慣趁著午休短暫的片刻，獨自徒步至河流對岸的市街；或無雨時候，騎車沿河，無目的地繞行這過去被稱作「水返腳」的流域交界。市街邊緣，近山的路徑，通向一座曾作埤塘的金龍湖。火車站對街一對已沒隱菜市的鳥居，石燈籠夾著參道遺跡，通向曾奉祀北白川宮能久親王的神社。或來到茄苳溪匯流基隆河的轉折。返回出版社前，再在收市前的麵攤潦草吃過。

我為舞者寫下的獨白，透過廣播，播送在辦公室場景：「搭上八點二十分公車，在九點整打卡。收信，回廠商電話，趕行銷計畫。週會，月會，季會，除此之外，靜默如機器。」走在薩默維爾雪中那夜，我想著石田徹也放置在抽屜花葬間，被暈亮起的遺容。那時的我未曾想到，後來會再回到同一幢辦公大樓。

又將有一個溫煦的午後，我自市街返回，步行跨越車行之橋，在河岸坡上忽然看見了在季節中簇開的絮白伸延無盡……又一天結束了，日子不若河堤上的蘆葦。

三十二歲，石田徹也死於火車事故。闔上虛無的抽屜。那個春天，離職，我沿著河邊的潭美街騎車離去。

小草

淺淺的疤，印在眉上，像浪跡過的路，圓月般的眼瞳，不知照過多少遠方的河流或野地，有時灼亮就像那幀無意拍到的照片：夜色的土犬，身旁帶著的那隻初生小老虎。與其說貓、更像是犬隻瘦削四肢的佇立。妳秀著屏幕的形影說，眉間有疤印，虎斑紋，削缺的耳，應該就是剛來到家屋的小草，「剛出生時，牠是被狗狗帶大的貓。」

被喚作「小草」，因為牠是徘徊院落的貓群裡，見人最愛哀鳴的一隻，吵吵擾擾，愛吸引大家的注意。家屋在山腰部落居中，往返路徑匯集，院落草坪恰好成為群貓停棲之地。牠們總沿著圍牆、梯階、廊簷，默聲出沒房屋四處，有些來過幾次之後便永遠消失，有些如小草，失去蹤影多時，有天又再現身，一如過往哀叫，喝水，舔食碗盆裡傾倒的貓食，親密地窩在妳們腳邊，讓妳們叫著「小草小草」，伏近看，才發現牠帶著新的傷痕。

追獵、嚙咬，原是野地鄰近的日常，危險的實際是人類或車行的逆襲。聽妳說，不時聽聞浪貓遭公路夜行的快車撞擊橫死。或那次當小草匿跡數月，再回到屋內，身上多出了偌多豆大傷口，久難癒合，家人判斷像遭致玩具手槍彈擊，趕緊帶往獸醫院治療，當下並決定，將這隻與妳們別有緣分的村落之貓，帶回林口家照顧收養。

頭一次在家中見到小草，牠便親密地任由我摩挲，康復後的身形，多了飽滿的肉與飽和的毛色。已不見牠留在那幀照片裡削弱的形影，唯眉間的疤痕，帶著野地的行跡；唯留有被狗狗帶大的習性，深沉的眼神、某種疏遠、警覺，與久久地凝望和佇立。

聽妳說，後來牠常徘徊的草坪和屋內，來了另一隻白黃斑紋的小貓，一樣親人，像小草的同類。因眼瞳明亮，被喚作「阿明」。

假期中一起回到村落，在院裡初見阿明，牠輕盈地踮足，在小草也曾躍上的牆圍、樓階、廊簷自在步行，更多時候待在廳裡，與人撒嬌遊戲。

手心張開，小小的齒牙，探索其上貓食的新味，舌尖潮濕像草葉，飽足了就蜷縮成螺旋打瞌睡，家人們進出時，總要先喚聲「阿明呢。」有時牠在桌檯，有時躲在桌下，有時鄰近兜轉了一圈又悄悄回來。只是近來車行事故愈頻傳，入夜後更需謹慎將門掩上。

散步村落，依然時有貓蹤。傍晚經過天主堂，前去探看舊日的神社，在荒疏的草野上，但見一隻瘸行的犬，後頭一隻虎斑小貓近近跟隨。妳們說，好像最初來到的小草喔。

攀上覆草的石階，來到制高的平臺，除了僅存的殘柱外，早已無任何舊日的印象。原應是神聖的居處，如今剩下基座，像一個空無的窟窿，埋在林木的陰翳之下。在此瞭望著靜穆的十字、車站遠方，與廣袤的田埂一時。復沿著曾經參拜的石階走下。離去前又看見那土犬和小貓，遠遠與我們對望，而後鑽進林木叢草的深處，匿跡不見。

暮色蔓延像貓的眼睛。那時，阿明想必也在哪裡散步之後回到了家屋。小草想必在一場漫長的午覺醒來，張望著妳回到家屋。

四十四次夕陽

《小王子》降落遙遠的行星後，仍保有在他的家那星球上的習慣，搬張木椅子，坐望夕陽。這也是我最喜歡的一章。當飛行員回答看落日的邀約說好，不過要再等待多時，小王子既驚訝、繼而描述道自己微小的星球，何時想起，只需稍挪動幾步椅子，移近地平線，「有天，我看了四十四次的夕陽。」

許多年前女孩聽我轉述這席對話，以此為題，拍攝了一部短片。片中的女孩拘限於房間裡的日常，梳洗長長的頭髮，為枯萎的花葉澆水。她將埋藏心事的一件件物事，玻璃彈珠、鑰匙、愛麗絲的白兔偶，擲入透明魚缸緩緩墜沉之際，影像跳格，其身影也彷如沉落有水宛延的草地。

我記得，那是一個冷寒的冬日，為了拍攝日暮這一幕，我們騎車至鄰近的六號水門，平日的河濱空闊無人，近水的風不斷迴旋。我手持的鏡頭裡，長洋裝揚起了皺摺，像一叢黑玫瑰，反覆著肆意盛綻的舞蹈；基隆河的水面在景深處靜謐波動，更遠方，高處的橋上行車微縮如模型，竟也彷彿水中迂緩地沉墜。

四月裡的傍晚，步出光暗後半坡上的圖書館，階梯而下，行經任垣樓，就見到橙圓的夕日，靜懸在不遠處群杉的葉尖，天空澄澈、而廣大，有同學制高於樓間迎光拍照。我也欲向前，光暈邊緣，卻愈加隱沒。遂佇立原地，靜靜地讓有如永恆般的幾分鐘就這麼逝去。那是離開臺北向南，才會重新想起的暈紅。那是在嘉南念書那幾年間，每一天平原上的奇蹟，只要走出田野中兀立的我所租居的小屋，走入四界荒蕪，便能一次一次重逢。那是駐地左營的緩長役期之後，復返城市，卻總想念的營舍外覆蓋草野的景致。

這半年，每週三輾轉通勤自臺北、新烏日到沙鹿，來到教室，指導午後的文學課，好像就為了下課後，在這些隱密的片刻，讓自己默默行過整個校園鑲金的暮色。飛行員聽見小王子說：「當一個人悲傷時，他便會愛著落日。」我想起瘟疫後來，幾次重回水門外的河邊跑步，在曾經起舞的同一片草地，遠遠地像初次見到城市的憂傷。而那個有著四十四次落日的傍晚，小王子又想著什麼？

那天走離校園，接上車到了沙鹿車站前，店鋪掩門，市街盡已沒入了薄薄的夜色。在寂寥的月臺上等候列車，軌道間的光束駛近，又離遠。那時的我沒有想到，以為挪移了一步，就能再見的日常，亦會因幾週內疫病蔓延，世界遠距，短時間內連想望四十四次的憂傷都無以重返。

想起燈塔街

客居薩默維爾那年，寓所坐落之處，我習慣稱它燈塔街。走下波特車站前的大道一會兒，即接上這南北斜向的長路。沿途，是一幢幢同我所住相仿的二三層樓房屋，漆上灰、白，薄荷綠、鵝黃各色；星星超市就在斜對角，鄰近有後來常與友人相約的中式、越式料理店。因靠近古典的學院，交錯又多有以「美術館」或「劍橋」為街道名。

在秋天住進。初初涼爽的夜間，我經常沿著筆直的街路散步，光暈暖每戶窗扇裡的人和空間。打烊的商店，將椅子倒置桌上。中段的路口有間拉丁酒吧，入夜後總有男女盛裝來到，隔著窗，可見舞池霓光中的人們，在樂隊的爵士或騷沙演奏下，迴旋共舞。

波士頓因坐擁港埠，十七世紀起遙遠的移民來此創建，成為北美古老的港市之一，查爾斯河數個世紀宛延流過，將腹地劃分作右岸與左岸。因為近水，不管左右岸，都有了一條以「燈塔」為名的街路，如城內沿州議會大廈、公共花園庇蔭的林木，那條與河流平行的長長街道，抑或是北邊我的居所。

我想起剛住進不久，總喜歡在慢跑或步行間拓展生活的地圖。有個晚上，沿著彷似無盡的道路跑著，看著夜深的超市、住屋、無人加油站、藥局、酒吧，不留意就忘了距離。街景漸空闊，最終來到一處鋪木的堤道，隱隱有水流，在行走之下。原來竟走抵家屋數公里外的查爾斯河畔。整個堤徑上只有我一個人。河流寬闊橫陳、而暗默。那時，獨自佇立欄杆前，望著河對岸櫛比群樓的光點，右方的朗費羅橋將一列列安靜的車廂從遠方帶來。遂有點體會「燈塔街」的命名。

多年後有另個臺北的夜晚，從排練室離去後，暫且不想回家，疫病蔓延，又無處可去。我和伊騎行上反向的路，穿行過燈火猶燦的夜市，靠近舊城區邊沿的水門。閘門外，逾十點後的河堤，貨櫃改裝的餐車仍喧囂著樂聲，人們端著吃食或酒杯，在棚傘下、欄圍邊或草地間話語。我們來到堤徑安靜的遠處，望著眼前淡水河幽深的水面，漣漪在黑魚翻躍出時層層擴散。陸橋長長地橫越，將綿密的光點交付至河的對岸。

想像著淡水河在我們極目的右方隱沒後，如何曲折地，至渡船頭、紅毛城的守望裡，由島嶼西北端出海。這個航道曾帶來軍艦與商船，貿易風般，往來運輸著茶葉，稻米、糖鹽與樟腦。這個流域也曾經承載著私人的傷心。彼時，暈白的月弦自遠處群樓間明亮升起，我惚恍以為，自己依舊佇立在多年前查爾斯河畔。

哲人赫拉克利特的話：人不能兩次踏進同一條河流。然而我卻回到同樣的水邊。我已遺忘那晚離返後，走了多久時間，查看所有站牌，業已過了末班公車，最後，沿著燈塔街，漫長疲倦地折回。我忘了午夜幾時回到家屋，進房未久便深深睡著。那是剛客居的前幾個星期，世界很新。

但沒關係，這些我忽然憶起、還未曾對伊說過的故事，還有今晚，
可以伴著河迂緩訴說。

沒有文字的人

漂流的船，劃開了波濤的海。漂流的人，帶來陌異的膚色和語音，他們因颶風所遇難、歷劫，透顯為動物般受死亡威脅的眼色。衣衫襤褸，盡失了原來遠洋行船的槍銃或火藥，當遭遇島上原居的住民依傳統儀式著藤盔、執長矛，更易於疑懼，終於導致不可理解的衝突。

說是「不可解的衝突」，事實上卻留有西方文獻的記載，這即是一九〇三年秋天美國船班傑明修厄爾號事件。彼時，被稱之為紅頭嶼的東南方近海，有艘商船遇颱風海難；根據帝國的說辭，數名漂流的船員在島民劫掠中不幸喪命。然而不被記錄的是，原居的達悟人口傳中，卻是由族人救起、並交由殖民的日警。這起事故引起美日間海事與外交角力，事後日本政府在紅頭嶼設置駐在所，將殖民體制正式部署在與帝國傾軋無關的族人身上。

這起班傑明號事件，正如同一八六七年羅妹號事件，乃至一八七一年八瑤灣事件的殘響，分別帶給蘭嶼的達悟人、瑯嶠十八社的斯卡羅人、高士佛社人與牡丹社人難以抵禦的外邦人接觸史，牽引的命運並難以逆行。相對於殖民者的文字，逾一百年後的我，才陸續從〈斯卡羅遺事〉、《傀儡花》或《暗礁》、《浪濤》中，走進「歷史」的暗面。

正如同我在閱讀夏曼·藍波安的《沒有信箱的男人》。他從一則祖源神話寫起，寫達悟族人如何從仙女的夢諭中，獲得嬰孩接生的智慧，並有了命名新生初名的儀式。然而這則傳說，卻同時被登島的人類學者以文字竊取、記錄。由此他溯回來自遠方的鐵殼船，始觸及他的家族、伊姆洛庫部落平靜的灘頭視野，載來一八九七年第一個踏上小島的日本人鳥居龍藏、稍後的伊能嘉矩，更後來的鹿野忠雄，帶著奪取生命的槍銃、攝走靈魂的攝像鏡頭、換取他人歷史的筆記。接踵而至則是警察、指揮官等，以至行船帶來的美國人、俄國人、菲律賓人。

何謂「沒有信箱的人」？不僅意指居住在傳統茅草屋的族人，更指著被迫拆遷家屋、固有土地被掠奪給駐在所殖民者的家族。更進一步的意義，夏曼·藍波安說，即「沒有文字的人」。因為沒有文字，在帝國的歷史中流離失所，在口述的傳說中，等待一封恆久收不到的回信。

但也或許，大海，就是信箱。以海浪的音響，抵禦著逾百年以前自《紅頭嶼土俗調查報告》所開始的外邦人的文字。欲雨未雨的午後，我前去師大聆聽一場作家的演講，他談及這部小說如何回歸族群原初的裸名與裸命思考；那則仙女的神話，經由父祖輩的口述，棲息在六七歲的耳朵與心靈中，直到多年後的此刻寫下。夏曼·藍波安提及：「身體先到，就會有故事。」如同他回歸祖島，如同他曾經遠赴南太平洋親身的浪跡和航海……。

離開師大路時，暮色仍混濁，我抬望一時，等待著一場雨落下。好像在等待著它憶起自己的前身，河流，淚水，或某些夢諭中神祕的潮汐。

追尋之旅

拔高的樹，不知是新植的，又或佇立已久，斂首垂視像個老人，繁茂的葉枝，擎起了盛夏日午廣闊而燦亮的天空。環視周邊物景，我嘗試疊影上過去曾於官方寫真帖或新聞映畫所讀見的每一幀駁斑印象，晨光揚起的日之丸旗、節慶的運動會場，乃至劫後的人身、硝煙，及荒墟。然而，除了葉影投下廣場的陰翳，一切闃寂無聲。

如若未加留意，我們的車行即錯過了進入霧社沿途的這處舊址，如今為萬大發電廠第二辦公室。逾九十年前，一場肇因於日本殖民壓迫的原住民起事反抗，從這裡延燒起整片山林。那是一九三〇年的霧社事件，在禁受長時期非人的歧視與苦勞下，入秋的十月底，原居的賽德克人六社在莫那．魯道的率領下，趁著運動會日人集結於霧社公學校之時，先襲擊周邊駐在所，而後回歸傳統的出草儀式，攻進集會的操場上。

這起事件，從根柢置疑了殖民者以「理番」之名，實則挾現代性的暴力，施行統治之實，不僅導致當天早晨一百三十日人在衝突中死去，其後殖民政府更展開了對賽德克人滅族式的鎮壓屠殺。

從駛進人止關起，那道源於狹高的崖壁與深居複雜的原住民部落，而曾經被視為人所應止步的關口，隨山路愈迂行，愈指引向自己沉鬱幽暗的心。我想著這是一趟遲延的拜訪。其實兩年前的入秋，以至隔年春天，事件九十週年時，已幾度起心來訪，終因為突臨的疫病與牽連的瑣事無法成行。今春與至友約好，行前病疫又升。期間至友又遇工作通勤的事故。也許，竟彷若溯源的種種預兆。

人止關後，沿眉溪逆行而上，進入霧社前是埔霧公路一段極迂迴的路段。而後我們抵達了地圖所標誌的事件殉難者之墓。緊鄰今日的仁愛鄉清潔隊。才踏上旁側略高的臺地，唯見叢草蔓生一片，稀疏的路徑，指向往昔異邦人憑弔之碑石，而立於眼前的僅餘荒圮的基座。

步行只幾分鐘距離復找到電廠入口。彷彿寫真中舊時的公學校門，由此潛入的廣場曾經有場未完成的運動競技。逕行至邊沿，臨高俯瞰周邊的環山之景，想像著隱伏山林的眼睛，與自己遙相對視。那個清晨也是這樣的吧，抱著決絕的意志，族人們從各自的部落跋涉集結至此，在引爆衝突的前一刻，看去的遠山，恆常如此刻靜默的吧；而祂必然看見那最後回望的賽德克男子，看見另一場巨大的殺戮，將以槍砲、炸彈、毒氣，如霧覆蓋身上。

辨公房舍外的猛犬，忽忽對著徘徊的我們咆嘯起來，又好像是迎對、衛護著歷史的殘響與幻影，讓我們知道，必須止步於此。在烈烈的午陽下，一株株拔高的樹，閃爍著刺目的光芒。相對過去多年，沉浸在霧社相關的文獻，小說，影像，直到行走於翳影下這一刻，我才恍然感覺真正開始走近了事件的原點。

蕨草

一九三〇年十月秋日的清晨，霧社群中的六社，在馬赫坡頭目莫那．魯道的揭竿下，潛伏向公學校。族中勇士們先襲擊沿途駐在所，奪取得彈藥槍械，阻斷對外通訊，而後攻進了校園運動會場，按謀劃，遇日人一律格殺。包括能高郡守在內，總計有一百三十四名日人不幸於晨日喪身，而這卻只是事件開端。

不解的殖民者，待豪雨過後，旋即展開對霧社區域持續五十餘天滅族式的鎮壓總攻擊，動用山砲、機關槍、燒夷彈等現代武器。官方並將起因定調為「蕃人的本性」、「不良蕃丁策動」，其中亦包括「莫那．魯道的反抗心」。做為歷史敘事中心的莫那．魯道，出生一八八〇年代，經歷過長時的生計大封鎖，也曾被捲入討伐泰雅族的薩拉矛事

件，多次密謀串聯部落反抗不成，直到引燃了霧社事件。最終，他率餘眾退守馬赫坡岩窟，見反擊無望，獨自遁入密林，匿失蹤跡。

沿著萬大發電廠，步行僅幾分鐘距離，鄰隔即莫那．魯道紀念公園，林蔭闃靜密覆，區隔於道路。朋友說，幾次駛行途經，怎麼從未察覺這裡。後人豎立的大理石牌坊閃爍漆白刺眼的光，題寫著若即若離的史蹟。一道鬆脫的維修中的封條，封圍著入口。日午，唯我們穿行而入。

寬敞的鋪木夾道植種成列林木，有種參道的幻影，事實上這是戰後五〇年代因周遭無意掘出了賽德克族人的骸骨所建。今日旁側立有名為《霧社原住民抗日羣像》雕塑，反抗殖民者的族人，或持矛、擲石，潛伏或擎舉手臂，呈顯出賁張的一瞬。徑路底端，則是那尊塑像，織布披巾下雙臂交握的莫那．魯道巍巍地佇立。我曾經在湯湘竹紀錄片

《餘生》中無數次看過這尊雕像，微雨中的鏡頭，唇齒緊抿沉默成下彎的弧，臉容像深黯的湖面迎接霧雨，倒影著亡身後，所有穿鑿附會的詮釋話語。

步上他身後階上的平臺，但見一方墓石，刻印著一行「烈士之墓」獻詞，環伺並裝飾有一輪日芒的圖騰。朋友趨前，在餘留有瓶酒煙灰的墓前，點燃上一根新菸，代來訪的我們祭奉前行者。

煙塵中，我想起後來的事：匿蹤的莫那．魯道骸骨，幾年之後才為出獵的族人無意地尋獲，即為官方公開展示宣傳之用；後又交付臺北帝國大學土俗人種學研究室，製成研究標本，塵封，竟致遺忘。直到半世紀後重新為人發覺，一九七三年在遺族引領下，終結束他遲延的征途，返回霧社，落土安息。

在親身探尋您起事的原點，此刻，來到您的面前，午後的光燦燦投

下了駁斑的剪影。抬望塑像的臉，許多歷史，因逆著光而灼目不清。徘徊許久，朋友和我與您辭別後慢慢離行。我們想再沿著曲折的山路，逆行當年您們從馬赫坡跋涉到此的思緒。

沿公園緩行，忽而留意到邊沿的壁岩，層層疊加，形似山高原，其上且竄生著野生的兔腳蕨像微小的山林。又似行伍群像，在抵抗的陽光下閃耀。我們凝望一時，就再向前走去。

不見廬山

氤氳的霧白早已不在，霓光的燈招牌不在，雙頰酡紅的男女，再未重回靜夜的溪邊，溫存地挽手，散步過微微擺盪的吊橋。更未提這一地舊有的名字，早已幾番更易，廬山前是富士，覆蓋的前世，則曾經稱為馬赫坡。

車行歷經彷如千重的山勢，離去霧社更深，業已半鐘頭之遙，正午過後來到曲折的盡頭，浮現舊日山城的輪廓。狹仄車道至底處，環個圈便沒了前路，小小的圓環中所立一尊石柱像，標誌實已離散的族群臉容。環伺是一幢幢曾輝煌的溫泉旅舍，沿著塔羅灣溪迂緩的懷抱；潺潺溪水依舊，然而炙陽下的此刻，多數商家深掩鏽蝕的門鐵像斲傷默獸，瓦礫駁班、玻璃蒙塵，袒露荒蕪的氣息。晉榮說零八年辛樂克颱風侵襲，致土石掩沒此帶後，每回途經，愈覺像荒城。

我沿著吊橋折返山徑兩岸，已遍尋不到初讀到的印象。山岳研究與作家楊南郡老師曾於〈餘生．記憶〉一文記下留宿廬山的一夜。那是一九七三年，莫那．魯道遺骸被無意發覺藏於臺大，引起第一波重探霧社事件熱潮；廬山既是通往能高越嶺道入口，且是莫那．魯道所屬的賽德克馬赫坡社故地。另經由媒體報導，他才得知，事發後自死明志的花岡二郎之遺孀，娥賓塔達歐（日名高山初子，漢名高彩雲），日後回到了舊地，經營一間名為「碧華莊」的日式旅舍。

事件中亦引起注目的花岡一郎、二郎，其實非親兄弟，他們出生荷戈社，是接受日化教育刻意培養的「模範蕃」，畢業先後返回霧社任警務兼蕃童教育所教師。因長期傾軋夾處的身分，最終留下日文遺書攜家眷自盡：「花岡倆，我等得離開這世間，族人被迫服勞役太多，引起憤怒，所以發生這事件；我等也被蕃眾拘捕，所以任何事都不能做。昭和五年拾月貳拾柒日上午九時，蕃人在各方面守著據點，郡守以下職員全部在公學校方面死亡。」他們的死，身分的認同歸屬之謎，引起是更多疑惑及爭議，此後援為各方勢力所詮釋不休。

楊南郡一行於下榻是夜，受到女將娥賓塔達歐嫺雅地款待，疑問的歷史卻深藏伊封緘的心底。一九七六年，作家探尋族人最後困守的岩窟後，寫下〈馬海僕岩窟弔英魂〉一文。隔年，為再尋訪賽德克祖源傳說的白色樹石（Bunohon），與妻子再訪碧華莊。那夜，終於從較熟稔的娥賓塔達歐話語裡，聽聞歷經兩次事件並移徙川中島的隱密心情：「我是霧社事件的餘生者，原本我也要與二郎同樣自縊於花岡山，完全是為了腹中的胎兒，才忍辱偷生下來……」

族人相傳，馬赫坡的溫泉水，能洗滌動物受創的傷。事件後三〇年代，殖民者方得以進駐這片覬覦的山林，並改名富士溫泉，成為日治富盛名的遊憩地。娥賓塔達歐一直懷抱著餘生的靜默，走過川中島，回到馬赫坡，活到世紀末。卻未預見不過十餘年後，一場風災流石將反撲塔羅灣溪流域。我回望懸橋上鑿印褪色的廬山二字，此後，誰再能洗滌歷史與土地的傷？

川中島

暮色橫渡北港溪，就進入了清流。

昏朦的河堤，浮現馬賽克拼貼的壁畫，吹奏口簧琴的賽德克勇士，家屋織布的婦女，群山環伺著，一道詩歌亙古吟誦的彩虹橋。長長筆直的徑路，駛向畫中勾勒那幅部落的真實，五點過後的田野，已陷入整片暗默。

之於今日清流之名，我更習慣稱它川中島。它卻並非一座島。崇山中，被北港和眉原溪流所環圍的這片臺地，孤立竟如小小的島，也許，因此疊影著初來乍到的日殖民者心底所思念、川水匯流的長野川中島藩。而那裡和這裡，同樣有過殘酷戰爭。

小說家鍾肇政一九八〇年代完成「高山組曲」，第一部即《川中島》。一九三一年春天，歷劫霧社事件後、軍警鎮壓的賽德克倖存婦孺，被安置在羅多夫、西寶兩地收容所，美其名曰「保護蕃」，實則採集中監管及懲罰。四月底的淩晨，在日方密諭或縱容下，任敵對部族闖入，戮殺餘族，甚而留下一幀陳列駐在所前馘去百零一個首級的懾人影像；日後藝術家陳界仁以此重製為視覺作品《法治圖》以省思歷史暴力和創傷。驚悸未久，五月六日，餘下不及三百族人，再被強制移徙至距離祖居地迢遙的川中島社。小說《川中島》就由零餘隊伍中的青年畢荷．瓦利斯（日文名高峯浩）故事寫起。

他是繼花岡兄弟後，被日方撫育的新生代。然而事件爆發，阻斷所有前程的幻想。鍾肇政以畢荷的目光，敘寫他在道澤駐在所小島源治庇護下倖免於難，流離川中島，後被命為警丁，靠自學復考取「現地醫」的歷程。卻屢屢夾處於殖民者與族人矛盾之間。小說末了，被安排與花岡初子成婚。

客籍出生新竹州龍潭庄的鍾肇政，曾憶述最早的霧社印象，猶髫齡時，聽聞父執輩隱微議論的新聞，唯留下恐懼：「他們的表情，語氣，似乎是興奮的，然而給予我的感受卻是恐怖的。」直到十五、六歲，隨教書小學的父親遷居大溪山裡的八結，才初次接觸到原住民婦人，以日語和他交談，同時期，也在圖書館翻讀到霧社記載的書冊。

戰後七〇年代，隨寫作莫那．魯道為主角的《馬黑坡風雲》，始深入識得其後被稱為的「第二次霧社事件」，及移住川中島的餘生者故事。小說家多次造訪舊址，亦曾拜訪改漢名為高永清的畢荷．瓦利斯（他留有一部日文所寫《霧社緋櫻之狂綻》），構想了《川中島》到描寫高砂義勇隊南洋經驗的《戰火》。將觀點移至餘生者的罪咎與認同愈複雜的困惑，更突顯所謂「賽德克精神」。小說中的主角，終於在訂定婚姻的晚宴上，對著日殖民者說出第一次婉拒的「不」。

曾經喪失祖居的根源而新立川中島社，曾經從荒蕪中拓墾的模範部落，曾經小說家為寫作踏查涉越的溪水，歷經半世紀過去，也有了老去之臉。隨著暗默寂寥的屋舍，浮現車窗前的道路，我終於踏入夢中已反覆造訪的餘生之地。

餘生碑

新立的社，即在第一夜滄桑。殖民者驅離了原居溪流匯聚臺地的泰雅眉原群族人及屯墾漢人，一九三一年五月六日，將歷劫兩次霧社屠戮的賽德克遺族，移徙至此。埋石也再難和解。其後十月，又一場清算而來，乃至監視與懲罰下自盡帶去更多性命，終令留下者瘖默一生。

平野蔓生新草，卻猶遺留過去彷若日式移民村的駁斑路徑，橫縱齊整，成列房舍環伺於一道隱形視線，而更遠是山。臨暗的天色，行過北港溪，便進入清流筆直延伸的道路，浮現先是大片無際的農作，越過半個村落，始有燈與人。孩童在傍晚的微涼裡追逐遊戲，落了隊的是剛學步的小小孩，見車行小徑，一群就像潮湧退去，旋又匯聚。院落鐵皮下的音響，傳送著卡拉ＯＫ粗糙的旋律，歌唱的高音一陣銳利，像嘶鳴。

行到底處，是階上高踞的派出所，至此我們停車步行，沿歧出的路，尋到村後那最終目的地，餘生紀念館。靜悄悄地校舍般二層樓建築，廊柱裝飾以赭紅的圖騰，一紙張貼告示寫著：閉館維修中。

然而繞至側邊，卻見窗門虛掩。入內幾個廳室陳列著漸已褪色的史蹟。之於歷史的艱難迂緩，幾幀寫真、幾段文字，能否交代了過去？遑論蒙塵和遺忘？我從中抄記下一些這裡曾發生的事，移住經年的一九三七川中島社祠建造矗立，代換族人的信仰中心；進入戰時，皇民化加劇，社內遺族亦有三十三名青年，被動員加入高砂義勇隊，「被派遣到南洋的二十名當中，十二名戰死沙場，為『皇國』捐軀」，展示的立牌如此注記，倖存的、或派遣到花蓮港作戰的族人，幸而平安歸返。戰後，神祠毀棄，又原地改建餘生紀念碑，九二一災後則在旁側建造了這幢紀念館……。

我純粹因餘生碑而來。來到了，卻徘徊周邊，彷彿踟躕迴避，許久才迎向它走近。館外的平臺，仍留有寫真中的殘存景象，最初的石燈籠早已不在，野生的草，漫過了後來的基座及柱身；就近看，連碑石也是新立，碑面銘刻最初砌建的時間，民國三十九年。

小說家舞鶴曾於上世紀末兩個秋冬，租居川中島，後以磅礴的《餘生》，寫這段折返歷史、創傷與當代的足跡，「我並非偶然到川中島來，但純粹因為『餘生』兩個字讓我居留下來」，由此思索莫那、思索逝去，或活進餘生，「散步餘生之地，見到餘生之人，也一度親臨『事件』的溪口，我在餘生之地思索，『餘生』是不用思索的，它活生生就在眼前，每天下午放學孩童的笑語遊戲……」

駐足一時，對望碑身二字。後方，是也許在史詩電影《賽德克・巴萊》熱潮繪於牆上的賽德克勇士壁畫，此刻也漸次暗默於昏朦的天色。我想像小說家曾經步行之途徑，旁側的草野，漫漶間樹洞築造成防空壕洞，更深入山林的棧道。沿社中巷路折返，廣場孩子業已散

去，家屋始有煮食的喧譁，友人低俯身，與幾隻野犬對峙，細細的圳流，流經足邊。

近山雲氣密聚，忽忽成雨，潮濕落下。我們趕緊返回車內時，見到幾個孩子仰望著，攤開掌心，承接的雨是霧的餘生。我不再思索，它就在眼前。從來時的路離程間再回望，雲霧包容，像恆久不會散去。

星期二的蘭嶼郵局

折返於橫貫東81線宛延的山徑，回到紅頭，沿灘頭上簇集，即舊日的森嚴地標，派出所、郵局、島上唯一座衛生所，鄉公所立於舊軍事指揮部遺址，今僅遺留一座遙望的銅像，似將被海所遺忘。

其中，小小的蘭嶼郵局，挨身坡徑上村落一幢幢屋宇隙罅間，若從環島公路騎行，不留意便會錯過。這裡承載著半世紀以來信箋帶至的好壞消息，捎來遠方的惦念，也曾換來擾動原初海洋的貨幣交流。相較於礁岸、沿公路麇集的旅宿和咖啡店遊人正喧囂，途經此地傍晚，居高的建物，兀立像閒散幕落的戲臺。

夏曼．藍波安曾寫有一篇〈星期一的蘭嶼郵局〉，敘寫這處面海背山、坐落紅頭部落進出而像是海口匯聚的舞臺。近鄰麵店、滷味攤、檳榔攤，淡水與鹹水般交往做生意的族人及漢人，小學生上下學必經之階路，常錯雜著達悟語閩南語英日語。在核廢料場矗立以南龍頭岩段海岸，漫漫數十年，驅除不離，政府撥發以「補償金」，欲換取更長久的延宕擱置。週末過後的郵局，因此聚集聽聞村廣播放送消息懞懞懂懂而至的族人們。

補償金會存入「郵局的書」即存款簿。「書」的數字，終將取代古老物物交換的漁獲、農作，定義嶄新的財富。亮潔的磁磚地板，印有排列隊伍的足印，像未來的指向。

然而相對以貨幣再交易買醉於菸酒的人，文中藉自稱「優質的神經病人」表弟安洛米恩，看向郵局內外那些「原初型的騙徒」上演的一貫戲碼：藉幫忙老人存款索取「仲介」費用，向商店賒帳，喝醉酒就吹噓著臺灣要流氓的過去。所謂「優質」與「劣質」，區別一個人的品行，

「正常人」或「神經病人」卻帶有現代主流觀點混濁著傳統的問題性。

夏曼．藍波安從小說〈安洛米恩的視界〉到《安洛米恩之死》反覆描寫這位部落人口中的「神經病人」，實則善於傳統獨自潛水、捕魚，做為迎對現代性的另類視點，並流露對安洛米恩深刻地同感、同情，在眾醉者之間，「秋分的夕陽此時顯得特別溫熱……安洛米恩清醒而逕自的下了海。」

星期一晚上，過夜臺東，搭上隔日的小飛機在午前降落蘭嶼機場，住在神話充滿的八代灣上。午後騎車，摸索著橫貫崎嶇的道路，從東清、野銀，繞行半座島返回紅頭，惦記著傍晚約定的時間。啟程前傳出的訊息，不久後回應：「非常歡迎。」「五點，約在蘭嶼郵局。」

隙罅間的綠色建物，折返找尋上坡的徑路，途經閒步的老海人，麵攤、早餐店、雜貨店，遠遠地，便看見熟悉的夏曼．藍波安，約好抵達之日碰面的他已等候在郵局之前，秋陽溫熱，向我們招招手。跟隨他身後，穿過了一級級石階，背向海，往部落深處的家屋走去。

夕陽靜靜地落海，暮色籠罩星期二的蘭嶼郵局。

天空的眼睛

離遠了環島公路，才開始走進島的夜晚。我們在民宿鄰隔的熱炒店一室微醺的話語聲中，嚐過海洋的料理，回房換穿件薄外套，就趁著入夜的微涼，騎行向山徑。鄉公所旁轉進東81線，入山，愈曲折陡峭、路燈愈稀微，直至不見。夏曼說，沿途會有一條歧徑，可步行達山頂的氣象站，夏天晚上，常集聚著夜遊的人們，觀望星辰，或俯瞰粼光的海岸。

偶然遇到暗中一列觀測隊伍，掩蔽最細微光源，將感官返還聽覺世界，聆聽著來自山林肺腑和蟲鳥嘶鳴。偶然迎對逆行的車頭燈束如海上曳動的火炬。此外盡是全然的黑暗。摸索著，來到登行入口，捻滅唯存之光，將摩托車擱放沿山壁一排最末，而後，身影倆走進了黑裡。

山徑像甬道不見盡頭，宛延到底，又有另一段長長的彎路。然而隨登行漸次回望得見林葉翳影外的島嶼燈光。也終在這時，來到氣象站微掩的門柵前。

這幢觀測的建物在山的制高點，前方大片草坪有幽暗的人影，各自徘徊或靜定，像深沉的塑像。我們擇一角落鋪上野餐墊，席地而坐，便能看見整個夜晚的星空。

我想起夏曼·藍波安曾寫有一個老海人夏本·巫瑪藍姆的故事，在多年捕獲不到浪人鰺的海上，彷彿觸犯禁忌又翻覆船的夜，恰是稍後傳來的噩耗裡他離家到城市工作的長女突然病逝的時刻。老人帶回孫子的母親一甕骨灰與魂靈，帶回浮沉的故事，回到她思念而闊別經年的祖島。過後，決定帶著孫子巫瑪藍姆再造一艘船。那部作品有個美麗的名字《天空的眼睛》，夏曼時常援引這個詞句，並解釋道，它來自達悟族語 mata no angit，即意指星星。

達悟的世界，每個族人的魂靈有對應的星星，又或如他母親曾形容，「飛魚脫落的鱗片似是天空的眼睛，在海面漂浮，放射出微弱螢光」，它是孩子夢魂的床，亦是指引心魂明日的方向。

我們就著手機屏幕的星圖，對照眼前久已陌生不見的螢光，雲層移動迅速像換幕，隱現著古老的象形。曾凝望著老人夏本．巫瑪藍姆與孫子夜航的眼睛同樣凝看著我們。抵達蘭嶼的傍晚，拜訪夏曼．藍波安的書屋，從庭中的昏黃聊到夜幕籠罩，亮起白熾的燈，聽他說起，夜航或行走時，其他星星常會迷惑方向，唯有北極星始終牽引著你。

好像說的是文學寫作，也要依循自己天空的眼睛。我們聊著新近《沒有信箱的男人》，還有幾部他正在寫作的書。

「晚上我們會到氣象站，看天空的眼睛。」夏曼送我們走出石階外，告別的時候，我早已將一顆熾亮的星星，收進內心的深處休息。

途經西南隅的青青草原，這伸延向海、傳說達悟族飛魚神話始源之地，沿岸地形更多有海蝕風刻的礁岩。我們不時暫停下摩托車，對照著路牌標示上傳統的族語或現代地名，至島的至南，終於來到了龍頭岩。

族人口中的「ji-mazicing」，原初意思是「岩石鋒利不規則形成坑坑洞洞的岩壁」，岩塊黝暗、巨大，覆著植被而又充滿奇詭犄角，周遭，即一片廣闊的平坦地。在這裡，可與靜默的岩壁一齊對望僅隔幾海里的小蘭嶼。

我初次見到這一地帶景觀，印象是翻讀《人間》雜誌八〇年代後期的報導與寫真。一行伍的達悟族人，著藤盔藤甲，行經過往曾為漁場的沿海岸，彷彿進行傳統驅逐惡靈儀式。此前不久，族人們遲延恍然地驚覺，政府代表口中在此興建的魚罐頭工廠，實際將做為臺灣核能廢料貯存場。

七〇年代一項「蘭嶼計畫」，擇鄰近龍門港的腹地隱密地展開。一九八二年興建完工的蘭嶼貯存場，接收了來自臺灣第一批萬餘桶核廢料，幾年間，核能的翳影快速累疊於小島。終致延燒起一九八八年二月二十日由島上族人們發起的「二二〇反核廢驅逐蘭嶼惡靈」抗爭行動。惡靈Anito的信仰，起源於死靈喪葬等禁忌，延伸為族群生活重要約束，驅逐惡靈則成為船祭、落成新屋、乃至患病時遵循的儀式。此刻面對船隻輸入的「黃色罐頭」猶如現代惡靈，真真切切地脅迫著島上生命欲驅逐之。

我見過一系列《人間》攝影家關曉榮、蔡明德的影像，沿著龍頭岩岸，滿是高舉「核廢遷出蘭嶼」、「還我淨土」的標語；其中一幀，捕捉下臺灣前來聲援的藝術家王墨林、周逸昌等人，策畫第一場行動劇場「驅逐蘭嶼的惡靈」，撐起的巨型布偶，彷彿體現群人的不安。

擱下摩托車，從可以瞭望小蘭嶼的草坪往回走，走過年輕時的夏曼·藍波安涉身抗議群眾與族人、父祖曾一次次走過的環島公路，我也來到蘭嶼貯存場森嚴的門柵和圍牆外。我絲毫沒有打算走進。僅只是佇於警衛室入口旁，一窺筆直的徑路，直通深處的貯存建物。邊想起在拓拔斯·塔瑪匹瑪《蘭嶼行醫記》、胡台麗《蘭嶼觀點》、希婻·瑪飛洑於《黃色罐頭與我》所述，及至夏曼·藍波安《安洛米恩之死》所讀到種種憂傷的證詞及故事。

當天晚上，參加了民宿安排的夜觀行程。隨著達悟「教練」騎行於南邊環行的海岸。臨海的雲層積聚，潮濕，行過龍頭岩始落下絲絲細雨，我們暫停在一處候車亭子，關上頭燈瞬間像滅掉火燭般漆黑。因等候，教練指向黑暗道路中更顯黑暗的廠房，談起過去的抗爭，魚罐

頭、黃色廢料桶、驅逐外來的惡靈；中年的教練話語低沉，雙眼卻如燃點火炬。末了他說：「一般帶遊客夜觀，其實我們不太談這些。」卻因這陣雨，我第一次聽到來自達悟人的口述追憶。

想起日中，又騎行小段，至象鼻岩（ji-malacip）折返，忽忽聽到山壁有奇異的聲響。抬頭看，但見群集的山羊高高立於陡峭岩上，嚼草、似列隊跳躍，或者空望或佇立。犄角美麗，因鬚毛而顯老邁的臉容，幾乎與亙古的岩壁同樣銘刻以滄桑。

牠們行經我們，行經卻無視人造的圍牆和柵欄，今仍埋葬之惡意。僅只是專注地凝望著海。海是驅離憂傷的遠方。

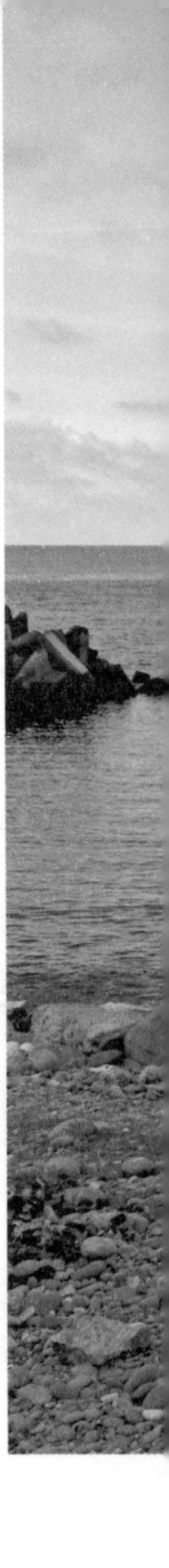

開元港

自舊燈塔前歸還了車，沿堤岸居高望去的早晨的港埠，已群集著等候船班的旅客們。船隻愈密集駛近又離去，橫縱迂迴的隊伍卻絲毫未減。其實昨日起，不只碼頭、連機場即海風般隱隱騷動著。途經時，我們也在等候的櫃臺抽取較原訂提早許多的候補序號；日間的行程，不時關注著人數之遞減，做好準備，隨時返回民宿拿取行李離程。

回想剛抵達的週一，民宿老闆娘即和我們提醒，有個熱帶氣旋正形成，預報週末可能逼近。這個夏天反常地，將近九月，臺灣還未曾有任何颱風消息；然而直到小飛機於萬里晴空中降落前，內心仍不免為了變化不定的海象、天候，與隨時可能延遲取消的航班擔憂。不過就好好把握這幾天吧，天氣的事很難說，但如果颱風襲至，最好有提前離島的準備。老闆娘貼心安慰，也說會隨時幫我們留意。

礁岸邊浮潛的人卻像無事，灘頭上停棲的拼板舟曬著日陽像無事；但小吃攤車的婦人已議論起今夏第一個颱風的訊息。隔日，晨起不久，先是收到民宿傳來航船末班時刻與將停駛的日期，「因為軒嵐諾颱風影響，九月一日下午、九月二日以及九月三日船班取消」，而後，便見到期間飛機陸續異動的動態。

島上仍豔陽，這天環島，沿順時針先後停留沿途五孔洞（ji-karahem）等海蝕自然地形，曾經禁足之禁地，充滿繪聲繪影的傳說、與達悟「教練」孩時玩伴們的足跡。來到朗島部落，參訪教練家族的傳統地下屋，低矮著身入內，想像過去茅草遮擋曝曬的日陽或嚴冬長時的降雨。工作屋在對側，而夏曼常描述達悟少年聆聽故事或遊戲瞌睡的涼臺原來就在近旁。進入東清的灘頭，然後騎行到野銀。路途同時，幾番周折，終於預定到隔日早晨加開的船班。

中午過後，所有航班公告將停駛，至少下週才復航。此時擠身隊伍中，慶幸我們訂購到最後船票。開元港外，已颳起了長浪，昨晚夜觀時一場潮濕的陣雨仍細細微微；待登上船回望，忽然有了所有《黑色的翅膀》到《天空的眼睛》少年們離島的複雜情緒。船窗景致已被碎浪漫散，碼頭像渙開的顏料，引擎轟鳴之中船將隨長浪浮晃無數個小時。

昨日環島最後，趁夕暮前我們抵達最南端的青青草原，這裡曾是黑翅飛魚神話起源的灣岸。穿行過草坡，來到臨海洋的高處。有一時唯我們靜靜凝看著夕陽落下海平線邊沿的雲氣，明亮的宇宙，從蔚藍、深藍，到帶著暮紅的黯藍像漫長顯影。在些許遺憾間，片刻浮現心裡的念頭：蘭嶼待我很好，包容我的到來，又指引我暫時離開。

除了海只有海，返航的長長浪中，我可以揣想著短短幾日，屬於我的，原初的相遇。

關渡口

石階還是初始的蕪蔓，微微細細的雨，令土泥濕濘，攀行時的呼息都充滿著濕潮水氣。宛延穿行老社區的坡徑，到了底處分岔為兩條，秋天到冬天，我沿著鄰近山壁這側走上小段林蔭捷徑，便通往清晨的校園。

總是八點不到。草原未醒，校舍、夾道的枝葉未醒，關渡平原上的學校就像一個恍惚的夢。有時我等在學院門外，等候最早的職員將門鎖開啟。留在中庭靜謐的草地旁一會兒，迴廊若盤旋，八點二刻會迴響起沉沉鐘鳴。而後走進階梯角落那間大教室。學生似也未醒，眼底留有前晚的排練或作業，其中卻總有閃閃發亮的眼睛。

這幾年認識許多舞者朋友，從沒想過會教到舞蹈系的學生，學制稱「貫二」相當於高二年紀，但因學舞、常進出劇場、經驗舞臺，男孩女孩都已有早熟模樣。我教當代文學課，因此帶他們讀起實際上自己大學年歲才接觸的作品。從現代主義面向藝術語言的鍛鍊、與探勘人內在心靈，讀成長故事中叩問死亡乃至生之慾，王文興〈最快樂的事〉、白先勇〈青春〉，帶有夢之象徵郭松棻〈奔跑的母親〉，又或精神剖析如施叔青〈倒放的天梯〉等。

一週一起讀篇小說，課後他們寫詩、畫插畫，我常為同學眼底的景致，所提出的疑問啟發、觸動。有星期導讀陳映真寫作白色年代的〈山路〉，我借用雲門舞集改編少女蔡千惠初到鶯鎮的片段，與他們分享起神話原型，推巨石的薛西弗斯。這是這幾年我反覆想起的母題。與他們談卡繆、孟克，或賈科梅蒂銅製底座上孤立而瘦削的人形，從林懷民到伍國柱《在高處》，碧娜．鮑許、季利安，盡皆反覆以肉體，思考生命永劫重複的困局。

那週收到的詩有質問重複、有寫墜落，幾位同學更將自己的詩作編成學期末小段的舞蹈。教室裡，我們也讀面向年代現實的作品，八〇年代的黃春明，九〇年代夏曼．藍波安，世紀交替的駱以軍、賴香吟。他們印象最深是郭松棻〈奔跑的母親〉，他們藉吳明益〈天橋上的魔術師〉分享舞劇改編的構想及設計。

學期最後，換到S4教室。長冬初透的日陽，穿過窗傾斜落於地板，像舞臺一道側光。光區中，有人輕聲朗讀自己的詩，有同學以〈島〉或〈海浪的記憶〉編了好美的舞，承依讀著威斯康辛列車上一則遠方的故事，費費在音樂中跳起自己〈墜落〉的獨舞，于萱說了一個三重故事。他們並帶來各自彙編的小書，或拼貼、手繪，或有安瑩以繩線編織的《旅．突》詩集。

最初走進教室相遇的閃爍眼睛，別離時帶回的閃耀的詩句。雨還是細細微微落下，才發覺，這重複而重複的緩坡竟有它的盡頭。這是薛西弗斯的快樂？又或悲傷呢？我答不出。但開始相信，他們將有他們的回答。

站在關渡口，望向遼闊的平原一時，相較前來教課之時，背袋裡多了二十八本詩集，承載二十八個男孩女孩用心寫下的精緻的心事。或有重量，但我下坡的腳步，此刻因他們而存有跳舞般的輕盈。

在高處

新的研究室，落地窗玻璃連通有敞亮的陽臺，樓層居高，風透而充滿。記得第一天來到，便為那窗的伸延之景所牽引。望去是周遭樓房的背脊，隙罅間，則隱現國家戲劇院廡殿頂閃爍的琉璃黃瓦。過去，我經常自地鐵站上至平面，即由劇院底入口進出。偶爾仰望高處，才想起曾無數次在雲門《風．影》劇照中看見的白衣舞者。

散文集《激流與倒影》中，林懷民憶及二〇〇五年與藝術家蔡國強合作《風．影》的源起。兩人交換意見不久，蔡國強便提出，演前，不如讓人到戲劇院屋脊站站。一個嘗試解縛於舞蹈，立基「流動的裝置藝術」意象，便多繁迂迴地發展起來。其中最難以克服，則是如何將人送上屋頂，遑論令其在迎風的斜面上穩定行走？最終，竟想到借用懸吊技術，讓擅長攀岩的表演者完成登頂。

隔年，十一月底首演之夜，男舞者在巴赫大提琴曲弦聲中站上高處，身後曳長的長紗，揚起像天使的羽翼，而風賦形為影。林懷民寫道：「站上劇院琉璃瓦的屋脊，勁風揚起他背上有如天使翅膀的雪白紗旗，沉藍夜空弦月清亮。……向上爬，往上走，高處眼亮。」

佇立陽臺一時，遂也想起在劇院所看，另一位編舞家伍國柱的作品之名《在高處》。他曾援引《聖經》彌賽亞的一句，像舞作中每每為俗世的人群造像：「原來在高處也是在最深處，最低處。」那些反覆跌墜又躍起之身姿，撓首、或吶喊彷如孟克無言之臉，深陷底處時，又像置身穹頂般莊嚴。

研究室坐落的樓又名「行遠」。年初我帶來一疊書稿，拿出標籤貼和螢光色筆、校勘的紅筆，就著桌燈的溫煦黃光，逐日幾頁數地校讀，就像過往熟悉安坐在前的每一張編輯桌。這刻又有一點別樣的心情。每個傍晚離去前，或來到窗前站站，望向深遠。第一件工作完成，二月靜靜揭始。

那是週末前的傍晚，投入緩讀最後篇章幾十頁，忽聽見有人喚我名字，「誒平常都是我關燈鎖門，今天交給你了。」才發覺偌大研究室剩我最後一人。續讀自己寫道，多年前曾赴花蓮港一趟賞鯨的航程，無意間，啟開了日後至今的研究和寫作，二〇一五年，怎麼仍歷歷在目？

疊齊整紙稿，以長尾夾固定成一冊，像習慣那樣，標籤紙上記下給編者的說明，裝進信封袋中。我打算離開後轉乘到北門郵局，趁九點前，將這部陪伴自己走過長途的書稿寄回出版社，暫告段落。

逡巡一室，一時，掛慮著哪盞燈哪扇窗遺忘了關上。來到門前，撳暗最後的日光燈，轉瞬幽黑的研究室像一個甬道。連通的盡處，微亮起窗玻璃外臺北入夜的霓光，爍閃如星叢。卻也僅只一瞬，厚重的門便沉沉掩上。上鎖的聲音，從高處升降向下的聲音，離開行遠樓，埋進地下鐵的轟鳴。像制高處的風聲。只有我知道，我的背袋裡多了一本完成的書。二月了，明天開始，將踏上新的深處。

鏡頭隨縱長的蒸汽火車，穿刺迂行幽深的山壁隧道，光乍亮，就像隻鐵殼異獸般向景框奔來，龐大的陰翳，枕木與輪軸的轟鳴，至一百餘年後，仍然帶給觀者像第一次見到盧米埃兄弟《火車進站》的驚懼。

訝異的，不僅僅是鋼鐵機具搖晃陌異的影像，而是眼前所貫穿，已非遙遠的法國小鎮月臺，卻是島嶼阿里山繚繞的林霧、綿延的山洞與高架鐵路。講者放映著自一九四〇年《南進台灣》以降的定居者凝視影像，又如清水宏一九四三年《莎韻之鐘》，到戰後的導演潘壘，一九五八年《合歡山上》，或眼前這部一九六二年的《颱風》。

週末在一場論壇上，聽藝術家吳其育和獨立策展人陳璽安對談講題「白浪與非家」。白浪（Pailang）是原住民慣稱平地漢人的詞語，一說由臺語「歹人」而來，初始或帶有諧諷之語意。藝術家與策展人二〇二二年展演於台北當代藝術館作品即以「白浪的定居殖民博物館」為名，嘗試藉由影像檔案的考掘、重新編成、部署，乃至現地的回返，將原初伴隨殖民者外來凝視的映畫，反轉為另種後殖民對視。

譬如地圖測繪的紀錄影像、山林的拓殖、觀光宣傳影片等，藝術家亦提到華語電影如胡金銓導演如何在七〇年代《俠女》攝製中，將太魯閣峽谷、山岩、竹林，憑空造景為古典玄幻的場景。路途砌築的中式寺宇、牌樓，體現著是時文化政治的意識形態。

另一部由人類學者胡台麗拍攝於九〇年代的《蘭嶼觀點》，則顯現對影像鏡頭的敏銳意識。其中一個段落呈現觀光開放後的島嶼，原居的達悟族人受傷於外來者的視線、鏡頭如狩獵般捕捉，人類學家導演不無反諷地留下一個孩子對著鏡框之外，怒吼著：「不要拍照！不要照人啦！」

挪用「白浪電影」賦名，正為解開影像擬造的層疊覆蓋，以新的目光，再一次凝看人和山林。藝術家說，電影原來就是一種「造假」的藝術。交錯著歷史各種紊雜的視線。

凝看間隙和邊緣，總令人想起羅蘭．巴特的「刺點」說。相對於文本焦點意圖之構成的知面（studium），影像上更遍布著像裂隙、傷口、斑點等，一瞬將刺痛你的刺點（punctum），經常誘引著巴特投注觀看；位處邊緣的一條床單、男孩的缺牙、女孩手指上一小段繃帶，「攝影是純粹的偶遇……文章牽動隻字片語即可將一段描述文句轉為省思——攝影與文章相反，即刻展陳所有『細節』」，細節，即充斥偶然刺痛人的微小事物。

光幕中，刺穿島嶼的鐵道還在駛前，闖入黑暗的深處時，我心想，這次要看進一切暗中之暗。

月印

淺淺的月印高懸於上，遼闊的暮色，覆蓋那一場紀念晚會。日常靜穆的凱達格蘭大道，是夜搭起了接連布棚，棚底下，挨擠穿梭目光炯炯的群眾。看向張貼四周偌多說明歷史的文字，幾面牆上留滿人們寫於便條的留言串。尋到一端座談的布棚早已擁滿聽眾，我便站在可窺見講者友人的入口外邊，專心聆聽曾經的證言。

二月最末的晚會為紀念七十六年前延燒之事件。肇因於大稻埕天馬茶房鄰近一起查緝私菸衝突，過程中，警察蠻橫打傷婦人又誤殺旁人，引致群情激憤、群眾集結抗議遊行，卻遭致執政官方暴力鎮壓，終引爆全島抗爭。事件絕非偶發而應視為島嶼的癥狀，不僅指向戰後初期隱伏的種種矛盾裂隙，造成無數亡者、失蹤者，且蔓延為一個白色年代。我第一次聽見友人之為事件後代，在座談講述餘生者在巨大的陰翳下經歷漫長的靜默，對於歷史創傷的難以直面，於言說見證的執意堅持。邊傷感想起同樣的月影，曾也覆蓋多年前另一場祭典。

瘖啞半世紀後，終以家屬的追思為名，得以首次公開集會，並回返事件現場悼念。遊行中，途經劇團似假如真的街頭劇，被擊倒的菸販婦人，被擊殺的男子重現記憶場景。其中一位在新婚之夜失去丈夫的母親，被尊稱「王媽媽」，亦將出席是夜率群眾施放水燈的儀式。

那實是小說家李昂寫於九〇年代〈彩妝血祭〉的故事，假借敘事者的女作家再現解嚴之際創傷歷史的浮現；近年曾為奧地利林茲國家劇院舞團改編為舞劇《新娘妝》。小說中的王媽媽在紀念會前夕遭逢喪子之痛，暗自為其上妝的憐惜之間，帶出事件賦予一個家族最深沉的創害。作品糾結著歷史、政治、影像見證乃至性別等議題。後段，在鄰近午夜的河畔，人們群集施放著水燈，小說家寫道王媽媽放出的燈：「黑暗的河面上，只見這一盞小小的蓮花燈，散發著夢幻般柔柔粉光，如此孤寂靜謐，但又如此神奇玄妙的帶頭前行，浮游向冥冥之中奧祕的未知所在。」

我因著準備隔週的課，而恰於二月最末，重讀這部攸關事件的小說集。課堂上以「哀悼」為主題，談及哲學家所論生命所應內涵可被哀悼的特質，能被銘記追悼，方確證著一個生命的存有與否。相對於曾經陰翳遮蔽的年代，小說家以書寫，這週末以音樂晚會的共聚下，不被提及的名姓或能回返眼前。

〈彩妝血祭〉的王媽媽最後殉身以悲劇的生命史，一位欲記錄的導演於熒熒火光中，鏡頭卻只捕捉下黑暗。那是九〇年代歷史記憶的寓言。是夜，我留在舞臺一時，聆聽樂團演奏。離去前，想著友人的故事。聽見臺上主講的聲音說，現在，讓我們來悼念這些曾經不被提及的名字。一位，一位，一位，月印下，唸出每一個人的名字。

死亡可有顏色

一雙手，像木質布滿雨露日曬的紋理，人形或蛇鱗的墨黑紋身，從指尖、手背，延伸至腕上。那是《老鷹，再見》所收錄一幀雙手的特寫，族中年邁的巫師對著猶為少女的達德拉凡．伊苞說，圖騰象徵身分，但也是生命的記號，等到人世將盡，靈魂回歸大武山，與祖靈重逢之時，手紋將浮現出美麗的顏色。

出生屏東三地門青山部落的排灣女子伊苞，曾經也疏遠了原鄉，畢業工作後參與中央研究院民族所的團隊期間，愈深入走返田野；並在部落踏查途中，偶遇優人劇團，決意跟隨，投身老泉山上的修行與表演。這部長篇散文寫於二〇〇三年八月受優人團長鼓勵下，所踏上一趟藏西轉山的行旅。隊伍從尼泊爾跨越邊界，自聶拉木、到薩嘎、帕羊，長途顛簸、跋涉至「世界屋脊之屋脊」的阿里，終來到聖湖，望眼碧藍如鏡的瑪旁雍措湖畔。伊苞柔情記述在神山崖壁即烏寺認識的男孩貝瑪基準和多吉，描寫沿途所見犛牛角堆、飄揚的經幡風馬旗，伏地長拜踽踽獨行的婦人朝聖者，更多則敘寫聖山形影之中，映照自己歸屬的大武山記憶。

書的副題「Mipereper I Kalevelevan Aza Aris」，為信仰鷹族的排灣族語中「翱翔在天際的老鷹」之意。從出生原初，女孩伊苞浸沐於古老習俗，與巫師預兆的夢和祈禱之話語相連，小小的衣衫裡縫有神靈祝福的鷹羽。而女孩的一生從織縫有鷹羽的傳統服始，隨成長成年，所歷家族一生事蹟都將一線一針織繡在衣飾或頭冠上，「當生命的呼吸不再時，家人會為你穿上，穿上這身美麗的圖紋與太陽日日隨行。」

然而曾經依循大武山指引的日日山林生活，也難避免七〇年代後因外來文明物事進駐、貨幣經濟帶來的遷徙離散的明日。曾經刺繡的傳統服，即你一生的文字，家屋承載生者與亡者以曲肢蹲踞葬於地下墓穴，彷彿前人配戴的鷹羽和祝福恆在身旁；曾經神話與巫覡儀式的包容，在歷經重層殖民現代性後，盡已難在。

卻唯有在朝聖轉山的遠地路途，感受高原之肉身危脆不適，在藏人亙古的禮拜和信仰中，仍相信聖湖之水可以滌淨貪嗔癡的天地宇宙，沿途迂緩拾起；伊苞說，為了原初的神話而來，「我以奇特的因緣來到藏西這片貧瘠的土地上。眼前彷彿是一面大鏡子，它們逼我面對自己隱藏在心中的祕密。」

多年前最末一場春雪時節，我走進劍橋街上研究中心的會議廳，在一場原住民文學相關的論壇上，無意地，初聽聞講者談起伊苞《老鷹，再見》。她所遠行的總也是回歸的路，追問的死，總帶著向死而生的「美麗的顏色」。轉山後她投身優人劇場，肉身鍛鍊，編有以排灣巫師與靈魂為題的《祭・遙》。多年後我在課室裡聆聽學生們談起散文中「鷹羽」一段，想起了那年經歷的細雪，其後所讀之書，想起伊苞最後寫下聖山的皚皚雪景。因緣與疑惑未必懂得更多，但時間鐫刻的細細手紋，也有了一點美麗的顏色。

下午三點二十分

莒哈絲曾經鉅細靡遺地描繪過一隻蒼蠅之死。

在〈寫作〉一文，她談及作者的孤獨，在海濱或鄉間別墅，習於隔離自己於房屋孤獨之所，有扇窗，一張桌子。有個午後，獨自待在空蕩的儲藏間，忽聽聞並目睹微小的蒼蠅，困身濕氣黏著的牆面，愈抵抗、愈無法動彈。彷彿垂死，卻又奮力掙扎。事後，她向友人轉述這虛無覆蓋前慢緩似永恆的頃刻，最終，靜止在下午三點二十分。

相對於狗兒、一匹馬、一頭大象，蒼蠅死去之微渺，於世人靜默不語。令莒哈絲想起戰爭時期困身孤獨、受殺戮威迫的殖民地之人。小說家抗拒瞥過眼背離的衝動，目睹蒼蠅臨死的鞘翅，像「濕柴著火的聲音」，進而鉅細靡遺描寫，「蒼蠅的死亡，它成了文學的位移。你在不知不覺中動筆」。牠則以其死亡，在濕黏牆上書寫，因此亦成為作品。

我曾也目睹過這樣的時刻，充盈生機、又切近微渺的消亡。是一隻蝶撲拍著薄翅劃過林葉篩落的光，途經的男孩見狀追逐，轉瞬，蝶影從亮處隱沒暗處。那午後山徑的石階彷若鑲金，走入山像巨大的風箱滿是蟲鳴。這幾年，早晨開始的寫作暫告段落，我偶爾出門，步行一小段路，沿著空闊的公園、靜寂廟宇，來到巷路緩坡的入山口。趁著日落以前，走上山徑。

環圍著盆地東側近郊的山系，以四種象形的動物名之，相對週末湧來許多踏青的人，平日則回歸山的靜寂。我總在沿途的瞭望臺或木亭子停下，回望著臺北密聚建築連綿的邊線，等待暮色覆蓋轉換。也曾經深入山徑更多時，行經深山寺宇，見巍峨純白神像，佇立在林木山壁之間；或攀著繩索，爬上岩壁制高。還曾經環山行至另一側木柵，走離陌生的社區尋車回家。

記得更多年前，則在一日入夜，由虎山步行，來到半坡觀看帳篷戲演出。但見布篷和燈在葉影間造出了幻夢的戲臺。約莫印象，是一個取材自古老混沌寓言的故事，演員塗白身，誇張演繹。戲劇內容盡已忘，但卻一直記得，至尾聲，演出者在漆黑一片的帳篷裡燃起火把，揭開篷布，走進黯黑的山影之中，餘火像幽冥般懸浮，最後消失……。

又回到山徑，走過蝶影棲停一時的林樹，我想起莒哈絲曾以長段篇幅描寫的蒼蠅之死與孤獨，想起點燃黯黑山影的熾焰，著火聲音，以它們的燃燒在記憶邊緣寫作，她說：「有一天，也許，在未來的世紀中，人們會閱讀這種作品，也會辨識它翻譯它。於是一首難辨而廣闊無垠的詩，會在天上展開。」而我也許在其中也將能擁有一次隱密的埋葬。

勞倫斯先生

我的桌前牆上，張貼有一張電影明信片，蓊鬱深邃的森林前，一抹全白的背影。那是拍攝坂本龍一的紀錄片《CODA》，以樂曲結構的「終章」為名。電影記錄下三一一東日本大震災後，音樂家為義演，重返福島墟地，亦為尋訪一架受海嘯之創的鋼琴。與此同時，卻獲知自己罹患咽喉癌的訊息。

開場一幕，坂本龍一輕輕撫觸著琴身木紋，仔細查看受海水侵蝕的內裡琴弦，而後，在斑駁受潮的木鍵上，彈出新的音樂。原來人為的樂器，歷劫而狀似壞朽，對音樂家而言，卻反而像返還它原本木質自然的聲音。整部影片由此貫串著環境之傷、反核的意志，與個人承受的癌病，如互喻，同時呈現他接續配樂《神鬼獵人》以至創作《async》的心境，重新採集、歸返世界的聲音，雨水、林葉、鳥鳴。

二〇一八年七月，我在林肯中心的華特瑞德戲院看完放映。印象中，劇院裡預告秋天將有一場音樂家出席活動，遺憾那時我們已離去城市。在散場檯前，帶回一張明信片為念。居於美國最後月餘，經常便走在電影中的街景，中年後的坂本龍一在此定居。

想想，最初也是〈聖誕快樂，勞倫斯先生〉（*Merry Christmas, Mr. Lawrence*）吧。研究所曾有一年，我獨自住在中壢。暑假期間，參加學校的現代舞工作坊，上午舞蹈課，午後則由同學們排練。排舞時經常反覆聽到一段鋼琴輕盈迴旋的旋律。兩週最後呈現完，我不禁找編舞的同學詢問，選用是什麼音樂？那是我第一次聽到坂本龍一的名字。

原來，曾經大學電影社看過的《御法度》已曾相遇。又或是日後的《東尼瀧谷》、《火線交錯》的〈Bibo No Aozora〉、《神鬼獵人》。更多是一張張收藏著他的演奏專輯《1996》、《Playing the Piano》、《THREE》……。

二〇二二年底，坂本龍一舉辦了一場線上音樂會，後釋出〈聖誕快樂，勞倫斯先生〉單曲影像。在黑白映畫中，更瘦削的他，專注地觸擊著音符，指尖同一段旋律，又有著迥異地更靜寂的感受。而後他透過一則標題「訊息」的影片，向聽眾說，從癌病復發後，體能似已不能再進行現場的演奏；但透過錄影，藉著東京NHK總部內五〇九錄音室，希望錄製就像一場現場音樂會。最後真純地邀請觀賞：「Well then, enjoy!」

我一遍一遍重播著演奏，回想起《CODA》中，他返回受創後的福島，為民眾演奏同一曲目，彷彿祝福，想起在排練場的幾週午後，光線和旋律，年輕，明亮亮。想起這幾年在他的音樂中寫作，間隔時抬頭望向窗外，不經又會看到張貼卡片上蓊鬱的森林，走出林肯中心是紐約靜寂的街道。

一月十七日，坂本龍一發行了病中日記的專輯《12》。感覺才進入嶄新的樂章。三月將盡的時候，傳來了音樂家東京逝世的消息。Ars longa, vita brevis. 芸術は長く、人生は短し，哀悼的文字，最後留給了我們卻也像靜靜的祝福。

九月

——第四個週末

躊躇於展廳外，查詢著一場名為「Capturing The Moment」自繪畫到攝影的展出訊息時，途徑的婦人向我走來，「是不是想看這個展覽？」清澈的口音詢問明顯的旅人，「我有美術館會員，可以邀請朋友，來，跟著我。」那是泰德現代藝術館少數需購票的特展，我因只留有一兩小時而猶豫間，看似教師的英國婦人已將索來的手冊交到我手上。

相偕走進，向她誠摯地道過謝便在入口分別，禮貌不打擾彼此，見眼前銀白色短髮、背著布背包的身影，在每幅作品間移步，駐足，獨自久久凝看。

我也先看到法蘭西斯·培根的《盧西安·佛洛伊德肖像習作三幅》，肉色般深紅的背景，刮削、塗抹出臉上破碎立體的色塊，讓肉得以穿越而過的極度悲憫之吶喊，德勒茲曾借畫家的話，如此詮釋感官感覺的團塊與嘶喊。展廳間，馬格利特，賈科梅蒂，莫迪利亞尼，繪畫拆解了瞬間，而後是攝影捕捉的時代。

在諸如安德烈斯·古爾斯基顯現當代龐大城市物景的攝影後，轉過另一個展間，惚恍我為一幅安靜的影像吸引。

純然的黑與白。以水平對等為邊界，如抽象畫，又霧一般沉靜。就近，白仍是空寂的白，卻見黯黑之中，有著複雜細緻的紋理，層疊折射為光的稜面。一片空闊的風景，標題記下「第勒尼安海」。那是日本當代攝影家杉本博司一系列以海景為主題的作品……。

綿密的海潮，一陣陣將沙礫返還，沿途岸邊，遂經常留有人所拾起磨圓礫石堆起的疊石，一座，一座。九月底，才感覺入秋，山邊水氣密聚為沉厚的雲。暮色在片刻轉暗，像大霧瀰漫。

最後的週末，越過美崙溪，騎行離遠了市區，回到多年前同一片海。試探著岸徑，走近，令沁涼洶湧的潮水漫過足間而反覆。望向前方默暗下的影色，想起六月旅路上，曾經對望的攝影家的第勒尼安海。離開泰德的傍晚，我沿著泰晤士河岸走，有時停下，看行道和欄杆上的鴿群振翅飛旋，客船自古老的橋墩間徐緩駛過，留下曳長的粼光；自國家劇院旁登上滑鐵盧橋，走返回另一岸，經特拉法加廣場，與河流步行一座城市。卻想起一座城市。

此刻有人在不遠的沙礫岸上等著我，我等著，想捕捉一個最長的長鏡頭。九月的潮汐無預期帶來昨日的遠方。亦把這遠方的遠歸還永遠……。

——第一個週末，新岸

那間放映室就在電影檔案中心的地下層。若傍晚離開圖書館，穿過松鼠的大草坪，越過了街就能看到。

拐彎另一側接連上通往地鐵廣場的街路，沿途櫛比著各國餐館，漢堡、拉麵、茶餐廳、餅乾店或冰淇淋，玻璃窗內總麇集談話的人們。只是一個人的我哪扇門都未曾推啟。熟悉的書店開至夜深，盈光像船艙，漂流黯海。

來到查爾斯河畔的第一個週末，我便穿行草地找尋到放映室，往後經常再由大路走往地鐵乘一站回家。

來到時我已錯過夏末的Jean Renoir。翻開季報，九月正好開始低限主義音樂與影像系列，連續幾個週末，看Luke Fowler與Bruce Conner多部作品。我會記得那支三十多分鐘的《Crossroads》，拾得的錄像，來自一九四六年美國在比基尼環礁首次的核試爆，星球般巨大的蘑菇雲升起，在重複的音程與慢動作裡，覆蓋了地表的萬物、覆滅銀幕。

放映廳有紅色的牆面，等待的片刻，學生便就著微光看書。總有一位主持人在影片前為觀眾引言。總有人放映中摸黑離席，黑影浮晃眼前，抑或影院的幽靈。

大學電影社之後，好久沒這樣看片了。纏身成人的日常。日子裡充斥無用的膠卷。

那天，氣溫驟降，是人孔蓋冒出暖烘蒸氣的溫度了，走在像極那些取景異國的街道，聽説，再過一兩個月即將白雪封城。剛看完譯名《新岸》的片子，走上地上層，恢復訊號，收到傳來的訊息……。一部電影，然後回家。在新的河岸，輕輕地，我哼唱著Lou Reed的旋律。

——**九月十三日，薩默維爾**

回到家，簡單炒了飯菜，坐在週末剛整理好的餐桌前，靜靜吃著一天裡第一頓飯。傍晚的陽光像柳橙，斜斜照進屋裡。收完桌子天空都還亮著，就出門散步。

我住在學校與地鐵Porter站之間的一條街。有時早上走路，有時傍晚搭地鐵回家。車站附近有個小小的商場，開著咖啡店、超市、餐館、麵包店，也有一家以廣場為名的書店。先前幾次經過時，心思還懸在生活日常，未有餘裕就也是途經。

書店不小，傍晚走進，原是櫃架的空間盡騰空出來，擺上了一排一排椅子，滿滿是人。好巧，門口告示，十分鐘後有一場作家簽書會。

我擇最角落的位置坐下，彷彿其他來自社區的書迷。小說家是香港裔美國人。剛出版一本以成長的故鄉俄亥俄州為背景的小說。談話很風趣，令人深刻是其描述到小鎮居民要求每幢房子要依其建築風格漆色，歐式的房子有歐式的顏色、美式有美式的顏色；她詼諧地說，小鎮追求的不是統一，而是「和諧」。她朗讀書中段落，所有的聽眾都屏息聆聽。

這幾天，生活慢慢安定下來了。開始走路。開始到超市買菜。開始在學校電影資料館看影片。旁聽幾堂課。想辦法解決各種問題。靜下來的時候就聽著《心靈捕手》的原聲帶。陽光下哼著Between the Bars。Angeles。Say Yes。葛斯・范・桑（Gus Van Sant）這部整整二十年前的電影裡，麥特・戴蒙飾演的Will，就生活在劍橋這一區。

想起了這部心底的電影，是因為週末和室友們整理了一天家。晚上相偕到Harvard Square附近的一家餐廳，吃披薩和乳酪，配冰涼涼的飲料，聊天，就像Will和他的死黨們消磨時間。話語間歇。吵吵鬧鬧的餐館隱隱卻傳出一段旋律。啊，竟是屬於Will的另一首主題歌〈How Can You Mend A Broken Heart〉。

你如何修補一顆破碎的心，你如何阻止雨水落下，你如何抵擋太陽閃耀……夜裡回到屋子。第七天了。行走時，木頭的地板像在唱歌。從一個行李箱，到一張書桌，一盞燈，椅子和爐火……。

竟有了度日在此的感覺了。我想著廚房窗臺上的暮色閃耀。是那使世界運轉的光。

——九月十七日

週末開始跑步。

這半個月，搜尋地圖識路，總在常去、想去的景點，放一顆星星，或插上小小的旗幟。我們這一區緊鄰著校園北邊，叫作Somerville。瀏覽街道時，注意到大路的盡頭有間同名的劇院，一旁則是地鐵Davis站。

第一晚途經Porter Square，就直往星星的方向去。星期五的夜晚很涼爽。好久沒跑步了。愈近、公寓的街景換成了酒吧和餐廳，路上行人愈聚。跑了幾英里，忽然到達了對街，終於看見Somerville Theatre古老的外觀和招牌，在夜裡像個發光的盒子。資料記錄著，這裡建於上世紀初一九一四年。爆米花的香味帶著濃濃的鄉愁。外牆貼有海報和布告：九月正上演一系列的Stand-up Comedy，稍後則有70mm與寬銀幕影展，將播放《阿拉伯的勞倫斯》、《2001太空漫遊》等。有個老先生徘徊門內像《新天堂樂園》的艾菲多。

昨晚，反向而行。從Beacon接上Hampshire Street、再接Broadway。每隔小段路，就有另一處運動酒吧或舞廳聚集。

途經一間Latin Dance Club時，但見一扇扇窗幽暗中閃爍著霓光，樂池上樂隊奏起了舞曲，店裡的男女抱擁著、兩兩起舞。不過一牆之隔，餐館深眠，流露昏黃的光色，所有椅子倒置在桌上。公寓二樓，又鬧哄哄辦著學生派對。

就這樣，沿著大路跑，不知不覺竟跑到了河邊。小小的碼頭搭著木棧道。每一步都造成小小的凹陷，一時竟覺得整座城市都浮在水面。這好像是來到波士頓幾週來，第一次離查爾斯河那麼近。在這裡稍微休息。看著遠遠橋上的列車長長長長地駛過彷如銀河鐵道。黑暗裡，有星星的樂手歌唱。

回家的路因夜深更涼、更長。跑步時，聽著耳機裡重播了許多次的〈The Dark Side of the Moon〉。一列腳踏車隊迎面而來，車型奇形怪狀，高高低低，傳來夢境般的旋律，在深夜像費里尼的流浪馬戲……。

——九月三十日

上週一晚，朋友捎來訊息、找我一起吃飯，就約在附近一間拉麵店。先前跑步幾次經過，外面總是排著長長的隊伍。探頭望進，小小的店滿滿是人。那晚隨著隊伍，才知道原來拉麵店知名的原因，是有個溫暖的邀請：老闆說，來此用餐的人都是「Dreamer」，麵吃得愈乾淨、夢想愈可能實現；你願意和所有客人分享你的願望時，店員會說：「Here is a dreamer!」

和朋友從高中畢業就沒見過面，卻偶然與巧合地，那麼多年，總輾轉知道對方消息。遠遠的來到，就見到笑容，揮揮手。

平常約莫安安靜靜看著別人遊戲，但那天店員詢問是否分享時，因為難得的日子，隨手就拿過了「Dreamer」的牌子。麵分量很多，或邊吃邊聊的關係，前幾排客人紛紛用完了唯剩我們；有人分享工作、分享生活，也有一個可愛的客人開口就說，今天和最心愛的戀人一起來到。我吃得滿頭大汗，很怕自己的心願不能實現。

輪到我的時候，還是害羞地，說到這是我第一次生活在波士頓、希望今年可以完成論文計畫。然後，看一百部電影！「Good Job! Here is a dreamer!」大家邊笑、邊對我說。

聽到「Dreamer」就想到《戲夢巴黎》（*The Dreamers*），想到年輕男女主角模仿《法外之徒》奔跑過歲月的模樣，想起Michael Pitt搖滾地唱著〈Hey Joe〉。晚餐後，夜空仍透亮，一起散步了一段地鐵的距離，找了另一間飲料店，繼續聊著這麼多年的彼此……。

週日傍晚，Somerville舉辦了一場李歐納．柯恩的紀念音樂會。很古老的建築，室內不小，搭起了舞臺和投影幕，陸陸續續來了好多社區的觀眾。一個樂隊，有年輕的吉他手、鼓手、歌者，也有曾與柯恩巡迴的薩克斯風樂手。詩人和表演者追憶著與柯恩相遇的往事。經典的旋律響起，時而老先生老奶奶在一旁環抱著、跳起了舞。

回家是長長的斜坡路，夜漸深，樹上跳躍的松鼠也不見蹤影。我輕輕回想、輕輕哼著心裡浮現的柯恩：

I'll be marching through the morning
Marching through the night
Moving cross the borders
Of my secret life

後記

未曾清晰的路

讀書時，曾念到這樣一句話：清晰的不確定。

寫作外，近年我同時的研究書寫，沿著文化人類學者詹姆斯．克里弗德對當代的旅行、移置，影響所及生命的「根源」與「路徑」等思考；他曾引用高更著名的畫作名，代為自我的問句：《我們從何處來？我們是誰？我們向何處去？》回想最後卻回覆道，只有不確定性，lucid uncertainty。

高更那幅橫長的、彷彿總結人類一生的最大規模畫作，就收藏在波士頓美術館。離開多年，我仍時常印象起那個展間，想起粗礪畫布上鋪展開的新生、成年的中途，或晦暗憂傷；而金橙色的人身，總像籠罩於豔陽的光芒。出生巴黎的藝術家餘生遠赴南太平洋的小島大溪地，愈往深處，僅為找尋一種嶄新的光色，新的顏料、繪畫主題，聽尋一種，內在愈清晰的不確定。終致在臨界著虛無面前，以一瞬揭示生命永久的勃發。

我未曾想像過會有這樣一部散文集。就像我未曾想像有這一段路。《永久散步》的文字，主要寫自二〇一八至二〇一九年，與二〇二一到二〇二三年間，並曾有各別的系列名。寫作當下，未曾浮現任何書的念頭。直到今年初，在研究室校訂另一部論著時，莫名地，想起這幾年生活過的文字，一個下午重新閱讀，竟有了它彷彿清晰的輪廓，一幕幕鋪展的影像似有回聲，我是誰？我從何處來？

書的出版，感謝有鹿文化許悔之社長的支持。謝謝負責這本書編事的副總編輯施彥如，她是作者理想中的編者；及美術主編吳佳璘賦予書頁夢的場景。感謝詩人孫梓評為這本書寫作推薦序，部分篇章寫於梓評主編的副刊，那是回到臺北未久的綿延階段。謝謝覺涵法師主編的副刊陪伴了另外一部分的文字。我也特別想感謝應允擔任這本書推薦人的師長們，他們都深刻引領著我這段思索的路。最後謝謝家人們，以及，與我永久散步的小余。

此刻，我仍然懷抱著「我向何處去」的疑問？一如留在零點的薩默維爾。房間裡，暖氣時而漫起薄薄的霧，我的窗外，可見一架微鏽的舊單車斜靠欄杆。後院的樹、草坪，在雪後泛白，在春天覆蓋上金色的光。前側是家門前那條以燈塔為名的長街，如果沿著一直走，會途經古老的校園，徹夜敞亮的圖書館，地鐵站，與廣場，如果一直走，是否將又走回到清晰的查爾斯河邊。

看世界的方法 247

永久散步

文字・攝影— 李時雍

責任編輯— 施彥如
整體設計— 吳佳璘

社長——— 許悔之
總編輯—— 林煜幃
副總編輯— 施彥如
美術主編— 吳佳璘
主編——— 魏于婷
行政助理— 陳芃妤

董事長—— 林明燕
副董事長— 林良珀
藝術總監— 黃寶萍

策略顧問— 黃惠美・郭旭原
郭思敏・郭孟君
顧問——— 施昇輝・林志隆
張佳雯・謝恩仁
法律顧問— 國際通商法律事務所
邵瓊慧律師

出版——— 有鹿文化事業有限公司｜台北市大安區信義路三段106號10樓之4
T. 02-2700-8388｜F. 02-2700-8178｜www.uniqueroute.com
M. service@uniqueroute.com

製版印刷— 沐春行銷創意有限公司

總經銷—— 紅螞蟻圖書有限公司｜台北市內湖區舊宗路二段121巷19號
T. 02-2795-3656｜F. 02-2795-4100｜www.e-redant.com

ISBN——— 978-626-7262-50-4
初版——— 2023年12月1日

定價——— 380元

永久散步 / 李時雍 著 —初版・— 臺北市：有鹿文化 2023.12
面；（看世界的方法；247） ISBN 978-626-7262-50-4(平裝) 863.55..........112018358